浪花朵朵

大作家写给孩子们

玫瑰岛

[法] 夏尔·维尔德拉克 著

[法] 埃迪·勒格朗 绘

葛秋菊 译

上海人民美术出版社

目　录

第一章　蒂费尔南

蒂费尔南和他的家人住在巴黎一条破破落落的街道上，在右数第三栋楼，靠近锁匠街，紧挨着埃贝诺斯街。

大楼的门不大——没有一个进门的人能逃过穆勒太太的眼睛，她是这里的门房，或者说管理员。她总犯头痛病，无法忍受孩子们在走廊里奔跑，用厚重的鞋子啪嗒啪嗒地拍击地面。

拉芒丹一家住在四楼，他们的公寓不太大、不太通风，也不太明亮，却十分干净整洁。公寓里有一个饭厅，那里放着一张圆桌。每晚睡觉前，蒂费尔南会趴在桌上做家庭作业、读书或玩游戏；而这时，他的妈妈会

在一旁做针线活，他的爸爸会看报。每天晚上，饭厅里会摆上一张折叠床，给六岁的莉蕾特睡。公寓里还有两个房间，大一些的是夫妻俩的卧室，小一些的给蒂费尔南和比他大六岁的哥哥保罗住。

　　蒂费尔南的爸爸是个瘦瘦的金发男人，有点驼背，蓄着下垂的八字胡。他是一名钉箱子的工匠，在埃贝诺斯街工作。你可以在雇他的那家作坊前面的人行道上，看见他给货箱上钉子，每颗钉挨三锤，有时两锤就够了。箱子的一面钉好了，他就直起身，转到箱子的另一面，继续干活：梆、梆、梆！梆、梆、梆！

蒂费尔南的妈妈身体不好，整个冬天都在咳嗽。可即便要缝补、洗刷和熨烫全家人的衣服，她也从来不抱怨。你可以想象一下，从早上喝的咖啡，到晚饭时的汤，还有一大堆别的事情，她都要忙。

她是个了不起的妈妈，虽然有时会失去耐心，用严厉的语气对孩子们讲话，但这只是因为她太累或者生病了。何况，即使在为一些事责备他们或需要他们帮忙的时候，她的声音也是温柔的，而不是埋怨的。每当她用这种声音对蒂费尔南说话，蒂费尔南都会跑过去亲吻她，想把她轻轻拥入怀中，替她干所有的活儿。大哥保罗作为学徒，跟着父亲一起工作。保罗知道如何从作坊里选出包装公司需要的木板，也负责在木箱里铺放稻草或纸。他逐渐掌握了锯子和刨子的用法。最后，他还会把手拉车的背带套在身上，去运送空木箱。蒂费尔南认为，这是保罗的工作中最令人羡慕的地方——用一辆真正的手拉车玩"马拉车"的游戏。

冬天，当蒂费尔南的哥哥叫他起床时，天还是黑
的，台灯会亮起来。蒂费尔南睡得太香了，有时候还以
为自己刚上床，以为还在晚上。可如果他赖床，保罗就
会一把掀开被子，把他从床上拽起来。蒂费尔南只好抖

抖索索地穿上裤子。在擦好鞋，用冷水洗过脸之后，他
会喝一碗汤或一杯加奶的可可饮料。然后，他拿起书
包、帽子和外套，再给妈妈一个吻（爸爸这会儿已经在
工作了），就和莉蕾特手拉着手去上学。

蒂费尔南不喜欢上学。至少在这一年他不喜欢，因为他进了安茹先生的班，安茹先生是个坏脾气的男人，对学生分外严格。

有些老师喜欢学生，非常和善，懂得如何同时获得学生的服从和爱戴。在前一年，上学对蒂费尔南来说还是一件开心事，当时他的带班老师是方谢特先生。直到现在，如果在操场或街上见到他喜爱的方谢特先生，蒂费尔南还会跑过去问好。他想诉说自己多么喜欢他、想念他。有时候他还想给他写一封信，尽管如此，他却只敢在老师面前摘下帽子，说一句："你好，先生！"

方谢特先生会用愉快、清亮的声音回应道："你好，拉芒丹先生！你且放下架子，跟我握手吧！"

然后蒂费尔南红着脸，把染有墨渍的小手放进那只伸向他的能干的、温暖的、成年人的手里——这只手没有扇过别人一个巴掌；它能握着一截粉笔，在黑板上描绘出让学生发笑的图画，解释一切问题。

可安茹先生呢！一张红脸布满红毛，他一生气，那张脸就变得既可怕又可憎！和他待在一起，一个小时似

安茹先生

乎比一整天更漫长，教室也变成了一个恐怖的地方。

阅读课尤其可怕。当一个学生大声朗读时，其他人必须用手指跟着默读课文，同时还要能够复述安茹先生的讲解，以防他提问——尽管在他的讲解里从来都没有他们乐意记住的东西。

如果有学生不能复述讲解，安茹先生就会大声命令他到前面去，要么挨一个几乎能让他倒地的巴掌，要么伸出手被尺子狠狠地敲四下。

如果看到蒂费尔南回家的时候耳朵还红着，或者手上有淤青，拉芒丹夫人会气得发抖，说道："总有一天，我要给校长写信！"然后她嘱咐蒂费尔南："不要告诉你父亲……不然他很可能会找上门，把你们的安茹先生痛打一顿，那样名声就坏了。"

因此，蒂费尔南在学校期间总是不开心，总是盼着星期天和星期四那半天假期。同街区的布布勒和拉里维埃是他的难兄难弟。爱走神的小布布勒，他那胖乎乎的脸蛋儿被打的次数最多。

可怜的布布勒！他经常哭，不过好在他忘得快，也好得快。

拉里维埃虽然是班上成绩名列前茅的好学生，却也偶尔和其他人一样挨巴掌。他对此怀恨在心。

"我要以牙还牙。"他经常对朋友们说，"等我长大了，要当一个警长。哪天放学的时候，我会派一名警察去逮捕安茹先生，对他说：'你就是那个爱打学生的老师吗？跟我去警察局走一趟。'然后他会被带到我的办公室，我要狠狠地教训他半个小时。"

"对一个老师？你才不敢呢！"布布勒说。

"不用那么折磨人，"蒂费尔南说，"如果我是你，我会像电影里那些人一样，说：'浑蛋，你不嫌丢人吗?'他会辩解。我就瞪着他，指着门说：'走吧，再让我知道你打学生，我饶不了你!'"

　　每天放学后，蒂费尔南都会爬上三层楼梯，亲吻妈妈，然后要一份点心：一片面包和半块巧克力。通常这时候莉蕾特已经到家了，因为女孩们比男孩们早五分钟离开学校。她总是先吃面包，把巧克力留到后面再吃。

莉蕾特

蒂费尔南会含着最后一口吃的，拉把椅子坐下，着急地开始做作业。当他遇到困难时，他的妈妈经常帮助他，他则经常帮助莉蕾特——他的小妹妹已经在学写字母了，可是 b、d、m 叫她犯难。有时候，蒂费尔南不知不觉就帮她把一页纸写满了。不过他总是特别注意，不把字写得太漂亮。

感到内疚的莉蕾特会说："让我来写最后一个吧。"然后她吐出舌尖，做出聚精会神的样子。

作业完成之后，如果没有下雨，蒂费尔南会问他妈妈："我们可以去外面玩吗？"

"可以，但不要离开你妹妹，必须待在锁匠街附近，只能在人行道上玩。"

住在这一带的孩子如果要活动或者透透气，就只能到街上去。当蒂费尔南去埃贝诺斯街替妈妈跑腿时，他会去看他父亲工作，或者申请和保罗一起拉小车。

而在冬天或雨天，他就待在家里和莉蕾特一起玩，或者看一本厚厚的图画书——那本书是拉芒丹夫人小时候收到的礼物，讲了很多女巫、精灵和魔法师的故事。

如果感到没精神、身体不舒服，蒂费尔南会整日坐在炉子旁，或者蜷缩在床上。

然后他会幻想夏日的乡村。乡村生活是他最向往的——尽管他对乡村的了解仅仅来自拉芒丹一家每个月会看的两到三部电影。蒂费尔南梦想在"太阳之乡"生活——《在太阳之乡》是他看过的一部电影。电影中有许多蒂费尔南看不太懂的情节，但故事发生在一个迷人的乡村。一位美丽的姑娘躺在海边的棕榈树下，海浪轻柔地翻滚到她脚边。后来的一幕是在一些缀满鲜花的大树下，她行走在林间小径上，提着一个装着小面包的篮子。一头小鹿——和蒂费尔南在动物园里见过的一样——踱步过去，对她俯首帖耳。白鸽也出现了，还有野鸡、燕子、一只小松鼠，以及一些腿很长、振动翅膀的大型鸟。然后，一位阿拉伯王子打马而过，从姑娘的果园里摘了一个橙子，动物们全都散开了。

蒂费尔南经常想起这部电影。他在用餐时谈论它，说到记不清楚的情节时，会问："爸爸，后来发生了什么？"

蒂费尔南决定，他长大以后不会和拉里维埃一样当警长。他要在"太阳之乡"当一名园丁。

第二章　倒霉的一天

人生不如意事十之八九，你总有那么一些倒霉日子，不是被咖啡烫了手，就是弄丢钱包；不是打碎了杯子，就是和最好的朋友发生争吵。

蒂费尔南就度过了这样的一天。

首先，他上学迟到了。一开始是因为他有点咳嗽，所以在出门前的最后一刻，他的妈妈让他把外套脱下来，在里面加了一件保暖的毛衣。然后，为了追上已经出门的莉蕾

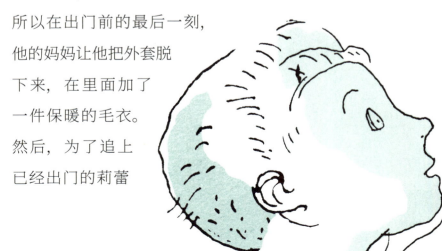

特，他飞跑着下楼，一
跃跳下了最后三级台阶。
双脚落地时，结实的鞋底
踏在地砖上，发出啪的一声
响，就像有人开了一枪。
穆勒太太就在此时从
她的房间里走出来。

　　她用双手抓住蒂费尔南的肩膀，一边摇晃他一边说："你这个讨人厌的孩子，要我说多少遍，到底要说多少遍'别这样跑'？你以为这里是跑道吗？你不知道这让我很难受、很难受、很难受吗？"

　　接着，她松开蒂费尔南，用双手抱着自己的头。

　　"对不起，穆勒太太，"蒂费尔南吞吞吐吐地说，"我要迟到了，所以没注意……"

　　"啊！你从来、从来都不知道注意。"穆勒太太一边抱怨，一边回到房间，关上了门。

　　"不，我有时候会注意。"蒂费尔南暗自反驳道。然而，在这个早晨，他的确为自己没有多加注意而懊恼。他对可怜的穆勒太太感到抱歉，却也心生反感，因为她很吓人。他讨厌待在她的周围或者被她触碰。

　　蒂费尔南没能追上莉蕾特，这令他生气，因为他习惯了看着她进女校。

　　不过好在这天早上蒂费尔南并不像平常一样畏惧上学，因为他们今天要上音

乐课和写作课——安茹先生几乎没有机会冲他们发火。

　　教唱歌的吕捷先生一点也不严厉。他到教室后做的第一件事便是在黑板上画五线谱——在上第一节课的时候被一个学生当成了电报线。吕捷先生画了一个漂亮的高音谱号，继续添加圆形的音符，当他用教棒指着音符时，学生们就一齐把它们大声读出来。

　　如果全班学生一起出错，或者读得不一样，吕捷先生只会用教棒在读错的音符上多点几下。

　　结束练习后，他从口袋里掏出音叉，让它在安茹先生的讲桌上振动。找到正确的音高之后，他开始用和学生们接近的高而尖的嗓音领唱："天——天上……准备好了吗？一！二！三！"

　　全班同学热情洋溢地唱起了他们最喜欢的歌曲。

　　天上百灵鸟，

　　开始唱歌啦。

　　飞得高又远，

　　又去上学啦！

　　音乐课结束后是自由活动时间，接着是书写练习——把以下句子各写四遍："街道很长""玛丽吃了马卡龙"，以及"椋鸟叽叽喳喳地叫"——没有比这更轻松的事了。

安茹老师在看他的报纸，你可以一边做书写练习，一边想其他事。拿蒂费尔南来说，他想到了穆勒太太。为什么她不在他和莉蕾特玩比谁走路更小声的游戏时出现呢？

蒂费尔南写完四遍"街道很长"，开始写"玛丽吃了马卡龙"。他脑中浮现出漂亮的马卡龙小圆饼——他的哥哥保罗有时会从射击场赢回来一些。

"马龙吃了马卡龙。"他写错了。他迅速把手伸进书包，里面有一小块他之前捡到的墨水橡皮，可他不敢用。他什么都做不了，只能装作没发现。接下来，他开始边读边写："玛丽吃了马卡龙……"

蒂费尔南全神贯注地写作业，写到末行时才发现他一直在写玛丽和她的马卡龙，没地方写棕鸟了！幸运的是，下课铃一响，安茹先生就迅速把作业收了上去，没有留意蒂费尔南的错误。尽管如此，蒂费尔南仍然闷闷不乐。回家吃午饭的时候，他只跟莉蕾特说了一句话："小心穆勒太太。"

吃饭的时候，他心情沮丧，还有一点紧张，因为

他发现父母看他的样子很奇怪，他们甚至还隔空交换眼神。难道自己犯了什么错要挨训了？

不过，他的父亲只是在他叠着自己的餐巾时，问了一句："儿子，没什么事吧？"

"没有，爸爸。"蒂费尔南微微叹了口气，回答道。

到了下午，坏运气继续纠缠他。蒂费尔南的朋友拉里维埃决定拿安茹先生开个玩笑。在法语里，"安茹"的发音和"瞄准——开火！"的军令是一样的。因此，他就称他们可怕的老师为"瞄准，开火"。

课间休息时，安茹先生背手跨立，看着学生们玩耍。他看起来就像一只随时准备吠叫的守卫犬。

"布布勒，"拉里维埃说，"你敢不敢来追我，在我跑到安茹先生面前时假装朝我开枪，对我喊'瞄准，开火'？"

"啊！不行！"布布勒说着，大笑起来。

"他不会说什么的，"拉里维埃说，"我们在扮演士兵，说'瞄准，开火！'是很自然的事，我就是想知道他会不会竖起耳朵听。我知道我会笑场，不然我就自己上了。你怎么说？"

　　布布勒继续摇头拒绝。

　　"我来吧，如果你们想看到。"蒂费尔南说。

　　这对他来说只是一个单纯无害的实验。如果不是拉里维埃，他永远不会在说起或者听到"瞄准，开火！"时想到安茹先生。因此他确定，老师连头都不会抬一下。

　　可不幸的是，"瞄准，开火！"的玩笑已经不新了——拉里维埃并不是第一个想到的。在拉里维埃还没出生的时候，就有人对老安茹喊过"瞄准，开火"。也许这就是他现在如此刻薄的原因。

　　蒂费尔南跑过去，正好停在安茹先生面前。他把头偏向右肩，抬起双臂，就像端着一支步枪。他刚喊出那句致命的"瞄准，开火"，一只大手就重重地拍在他脸上，仿佛枪支走火，误伤了蒂费尔南。他单膝跪倒在地，然后急忙站起来，撤退到安全距离，捂着耳朵，眼含泪水地抗议。

　　"先生，我什么也没做。"

　　安茹先生吹动他的大胡子，脸色通红。

　　"我知道，"他吼道，"你什么也没做，你这个愚蠢、

放肆、粗俗、无礼的坏蛋！你什么都没做，但照样放学留下来，这周每天都留堂，一整个星期！听见了吗？"

回到班上，安茹对发生的事只字不提。他可不希望三十八个学生都在心里叫他"瞄准，开火"。

到了四点，他把蒂费尔南带到正对着操场的自习教室。那里会有一位老师负责监管所有被惩罚留堂的学生，把他们留到四点半。安茹先生在课桌上放了一张纸就走了，纸上只有蒂费尔南一个人的名字。蒂费尔南郁闷地在后排坐了下来。

人慢慢变多了。有些学生因为害怕回家挨骂，忍不住哭起来。还有一些学生是这里的常客，看起来并不怎么担心，在监管老师迟到的这段时间里，他们交头接耳，嘻嘻哈哈，打打闹闹。

老师一到场，自习教室里瞬间安静下来。紧接着，羞耻感和绝望感把蒂费尔南淹没了。来人正是他最喜欢的方谢特先生！

所有犯错的学生都按规矩坐正了，双手叠放在课桌上。方谢特先生拿起名单点名。许多学生都在他的班里待过，叫到他们的名字时，方谢特先生会说"不错！""什么，还有你？"或者"总能在这里见到你！你买了长期票吗？"。当学生们被他逗笑时，他会皱着眉说："拜托，先生们，别忘了你们是来领罚的。"

蒂费尔南痛苦地等着被点名。

"五班，拉芒丹！"方谢特先生喊道。

一个无力的、哽咽的声音回答："到！"

"我的朋友拉芒丹，他躲哪儿去了？我没看见他。他一定在沾沾自喜……"

"在这里，先生。"刚才的声音回答——听起来带着哭腔。

"好的。"方谢特先生没有再说别的话，因为他马上就察觉到蒂费尔南不开心。有一个学生缺席。方谢特先生把名单撕碎，扔进了废纸篓。然后，他开始读一封从口袋里摸出来的信。

方谢特先生几乎没有看蒂费尔南，也没有问他为什么被罚。这让蒂费尔南心里好受了一些。

他邻座的学生保持手臂交叠的姿势，把头埋下去，往嘴里塞了一颗糖。

"想要一颗吗？"他小声问蒂费尔南。

蒂费尔南没有回答。

"喂！你要吗？"

"要。"

男孩一边继续看着方谢特先生，一边在口袋中摸索，最后，他把一颗黏糊糊的焦糖放在他和蒂费尔南中间的板凳上。焦糖马上就进了蒂费尔南的嘴——糖就是糖，即便在你遇到麻烦的时候。

方谢特先生已经读完信了。他把信收回口袋里，站起来，开始在第一排课桌前方踱步。所有学生的姿势顿时变得有些僵硬。

"瞧，"他说，"你们让我做了一件多么傻的事：照看一群木偶！在这里，我不得不把你们看作犯人、坏学生，而不是懂事的孩子。让我给你们讲一个故事，或问问你们周日做了什么，这样不好吗？现在，我却在这里扮演警察。你们中间，在七班和我相处过的人，知道我有多不喜欢做这件事。在我的班上待过的人，请举手。"

十五只手骄傲地举了起来。蒂费尔南稍稍离开座位，以便把手举得更高。

"没错，"方谢特先生的目光扫过每一个他带过的学生，说道，"我都认识。把手放下吧。你们和我一样清楚，我几乎从不处罚学生。可今天傍晚，你们却让我来这里受罚——是这么回事，我和你们一样被留堂了，尽管我什么也没做错。假设今天没有一个学生被罚，那么我现在应该已经离开学校，正走在回家的路上，也许我已经到家了。"

他停顿了一会儿，然后回到他的座位上。

"好啦！我不希望你们像猫头鹰标本一样干坐着。你们可以看书，做功课，或者整理书包。不过要保持安静。"

学生们的手臂放松了，书包被一一打开。

此时，蒂费尔南正端详着方谢特先生，后者用手托住脸，眼睛盯着天花板。蒂费尔南想起自己在七班的最后一天，就在假期开始之前。那天上午，方谢特先生朗读了《大拇指汤姆》和《穿靴子的猫》；下午，他带来一只机械陀螺，在教室里拉了一根绳子，让陀螺沿着绳

方谢特先生

子移动；放学时，他跟孩子们握手告别，给每个人一颗糖，同时说了些有趣的、令人开心的话。

蒂费尔南遗憾地叹了口气。他把书包打开，把东西整理好，找出他的折叠小刀，用刀尖试着划了一下墨迹斑斑的桌面。桌上立刻多了一条细细的白线。他突然很想刻一些称赞方谢特先生的话，比如"方谢特先生是这所学校里最友善的老师"——那太长了。于是他坚定地用刀尖在木头上刻了一句简短的话："方谢特先生万岁。"

然而，坏运气似乎并没有弃他而去。他刚刻好，就被方谢特先生严厉地点了名。

"拉芒丹！你对课桌做了什么？"

"我……先生……"

"把你的工具交上来。"

蒂费尔南拿着小刀，红着脸走向方谢特先生。

"你为什么要用刀子损坏课桌？真是打发时间的好法子！我要没收你的小刀，还要请你的父亲来把桌子刨平。"

"先生，小刀的刻痕几乎看不出来……"

"可的确有痕迹！因为刀片有缺口，所以痕迹会更明显，而且不会消失。"方谢特先生一边说着话，一边在他自己的桌子上划了一条细线。

"你在写什么？你的名字？"

蒂费尔南的脸更红了。

"不是，先生。"

"那是什么？"

"字母……"

"字母？什么字母？多少字母？"

蒂费尔南回答不了！他知道他决不能说！否则听起来会像是："不要责骂我，因为那是写给你的！"他保持沉默，眼里噙着泪花。

"怎么了，拉芒丹？"方谢特先生小声询问，像突然猜到了答案似的说，"你写了谁的坏话吗？"这下，蒂费尔南啜泣起来。

"不，先生！不，先生！您去看吧，看我有没有写坏话！去看吧，先生！"

方谢特先生犹豫了一下。他的好奇心很强，但他刚从椅子上起身，就又立刻坐了回去。

"不了，"他说，"我不用看。拉芒丹，我了解你，也相信你。来，小刀还给你。你最好把它放在家里。把眼泪和鼻涕擦掉吧。"

蒂费尔南回到了座位上。带糖的邻座学生已经看过他刻的字，掩着嘴小声说："你应该告诉他！"

没过多久，方谢特先生就表示大家可以走了。孩子们鱼贯而出。蒂费尔南快速地从方谢特先生面前走过，只点了下头，不敢抬头看他。

走上锁匠街时，蒂费尔南重重地叹了口气。这一天终于结束了。可他并不知道，还会有新的麻烦在前方等他。

第三章　大事件

当蒂费尔南心情沉重地向他的母亲解释为什么被留校时，拉芒丹夫人没法狠心责骂儿子。她只是为他的愚蠢做法感到遗憾。

况且，她并不像蒂费尔南预料的那样关心这件事，因为她感冒了，不得不把大量精力花在准备晚饭上。

"这周接下来的每一天，我都要在放学后留下来。"男孩悲哀地说。

"每一天！你太不走运了，可怜的孩子。"他的母亲说，"我也是，因为我生病了。"

吃饭时，蒂费尔南把他的遭遇讲给父亲听，不过没有提方谢特先生和折叠小刀——总有一些情感，我们只想自己知道。他希望他的父亲也赞同，在一个名叫安茹的绅士面前喊"瞄准，开火！"并没有什么害处。

然而，在笑过之后，拉芒丹先生说："天啊，孩子，你怎么这么傻？你倒不如去摸安茹先生的下巴，看他会不会笑。真不幸，他现在对你怀恨在心，会让你接下来的日子变得不好过。"

拉芒丹先生灌了一口酒，补充道："幸运的是……"

"是什么，爸爸？"

"没什么，孩子。"拉芒丹夫人抢着说，同时看向她的丈夫。

饭后，拉芒丹夫人感觉病得更重了。

"你必须在睡前喝一杯热乎的格洛格酒。"拉芒丹先生说。

"没错，"她赞成道，"还要服一颗安眠药。不过家里没有用来兑格洛格的朗姆酒。"

保罗出去见朋友了，所以她给了蒂费尔南一个空瓶子和两法郎，派他去塔布雷先生的杂货店里买朗姆酒，店铺就在埃贝诺斯街上。

塔布雷先生拿出一个蒂费尔南很喜欢的锡制量杯，打了朗姆酒灌进他的瓶子里。

"这些用不了两法郎，"他说，"只需要一法郎八十生丁，小伙子，找你二十生丁。"

蒂费尔南一手拿着瓶子，一手拿着二十生丁，在回去的路上，当他想擤鼻涕时，这一天的第五件倒霉事发生了。

就在他擦鼻子的时候，瓶子从他手中滑落，摔在人行道上，顿时四分五裂。两个十生丁硬币也掉到了地上。朗姆酒的气味吸引了每一个过路人的注意。

蒂费尔南被这突发事件吓到了。他愣了一会儿，然后开始寻找那两个硬币——这可不是一件容易的事，因为附近没有街灯。

不断有人在避开瓶子碎片的同时发出议论。

"你在找瓶塞吗？"

"这里有个要挨骂的可怜孩子！"

"让小孩跑腿就会变成这样！"

找不到硬币，蒂费尔南不能下定决心回家。

"小伙子，你在找什么？"

蒂费尔南抬起头，看见一个五十岁左右的男人，模样有点眼熟。

"啊，是你！"那位先生认出了蒂费尔南，"你的妈妈让你来买朗姆酒？你把瓶子打碎了？"

"是的，先生，而且我弄丢了二十生丁。"

"你的妈妈会责骂你吗？"

"不知道，但她在等着用朗姆酒做热格洛格。"

蒂费尔南哭了起来。

"好啦，不要哭！我们再去找一次卖酒的商人。他在哪里？"

好心的先生牵起蒂费尔南的手，他们一起回到了杂货店。他跟塔布雷先生说明了刚才的小意外，请他重新装一瓶酒，并付了钱。他还另外给了蒂费尔南两枚硬币，用来替代弄丢的钱。蒂费尔南如释重负，在等老板打酒的间隙，他开始打量这位帮助他的陌生人：这位先生的胡子刮得很干净，鼻子有点大；他戴着一顶灰色便帽，穿一件雨衣。

"你遇到了一位好心的先生。"塔布雷先生说着，递

出新装的朗姆酒，"这次一定要非常小心。"

　　好心的先生陪伴他的小朋友走到了锁匠街的路口。

"我知道你住在这里，"他说，"你的名字是蒂费尔南，蒂费尔南·拉芒丹。回家去吧，我们很快会再见面。"

他就这样消失了。蒂费尔南太惊讶了，以至于连道谢都忘记了。

回到家，蒂费尔南对父母讲述了他的奇遇，并尽其所能地描述了那个陌生人的样子。

"肯定是他。"拉芒丹夫人用一种神秘的语气对她丈夫说，"他今晚来这附近做什么?"

"妈妈，他是谁?"

"一个我们认识的人。"拉芒丹先生说，"他一定认为你笨得不行。先生，显然你今天只做了一件事，那就是犯错。"

可怜的蒂费尔南! 他的父亲称呼他为"先生"，这可不是个好兆头。

不幸的回忆一一涌现: 被毁掉的写字课，安茹先生的巴掌，被留堂，而且接下来每一天放学后都要留下来——现在才周二。啊! 要是能忘掉这一切该多好! 待在家里，不去上学! 夜以继日地睡觉，直到星期天!

"蒂费尔南,"他的母亲说,"去帮我拿一下安眠药,在卧室的书桌上。"

他找到了药瓶,看着里面整齐堆叠的白色小药片。

"这是能让我马上入睡的东西。"他想。然后,出于好奇和绝望,他打开药瓶,倒了一片药在手里,有些困难地把它吞咽了下去。

"蒂费尔南,找不到吗?"

"找到了,妈妈,在这里。"

蒂费尔南把药瓶交给母亲。因为药片卡在喉咙里,他的表情看起来有点奇怪。

"怎么了?喉咙痛吗?"拉芒丹夫人问。

"嗯……有点痒。"

"来,喝一点热格洛格再去睡觉。"

拉芒丹夫人递上她的杯子。几口热酒下去,蒂费尔南感觉喉咙舒服多了。他亲了亲父母,然后走进自己的房间。他让门敞开着,因为这样可以不用摸黑脱衣服。

不过,他并不想马上换衣服。平常,当他感到疲惫却没有睡意时,他会斜躺在他的小床上,穿着鞋,把脚搁在地上。现在也一样。热格洛格让他备感舒适和温暖。他长长地叹了一口气。随着药效发作，他很快就进入了梦乡。

蒂费尔南看见了魔法师梅林——看起来和绘本里那个把奶酪变成城堡的人一样。梅林身着长袍，头戴尖顶帽，不过他的长胡子不见了。他沿着埃贝诺斯街朝蒂费尔南走来，并说："瞧，我剪了胡子，这样大家就认不出我了。不仅如此……"

他轻轻一挥手，头上的尖顶帽就变成了一顶灰色便帽。再一挥手，他的宽袖长袍就变成了一件雨衣。他的魔杖还在手里，不过，蒂费尔南发现它变成了吕捷先生用来指示音符的教棒。

"小伙子，你找我吗？"魔法师问。

"是的，魔法师先生，我想请您让安茹先生消失。"

"简单极了！但首先，你

必须到我身后去，别让他看见你，然后大声喊：'方谢特先生万岁！'"

蒂费尔南高喊："方谢特先生万岁！"安茹先生出现

了，他看起来很愤怒。男孩惊恐地认出了他手里那把有缺口的小折刀。

"这是谁的刀？"安茹先生怒吼道，"我知道了。这是'瞄准，开火'的刀！那个愚蠢、粗俗、没教养的坏蛋躲在哪里？"

安茹先生想绕到魔法师身后，抓住蒂费尔南。就在他快成功的时候，魔法师非常灵活地用魔杖挠了一下他的下巴。安茹先生凭空消失了。但下一刻，他重新出现在远一点的地方，面红耳赤、瞪着眼，眼珠仿佛要蹦出眼眶；他飘浮在某种雾气里，用力吼叫，却没人能听见他的声音。魔法师朝他跑过去，又让他消失了。可安茹先生又再次出现，这一次离蒂费尔南很近，吓得他喊出了声。魔法师从口袋里掏出一把硬币，撒向安茹先生的脸。伴随玻璃碎裂的声音，安茹先生终于没了踪影。他站过的地方变成了人行道，地上有一些碎玻璃和洒落的朗姆酒。

"我的瓶子！"蒂费尔南哭着说。

"不然你想怎样？"魔法师有点烦躁地说，"我必须摆脱他。这位安茹先生变成了危险人物，因为他看见你了。为了摧毁他，我只好把他变成玻璃瓶。"

他的语气变得温和了一些，说："你在为一瓶朗姆酒哭泣吗？瞧，这儿有一、二、三、四、五……"人行道上出现了一排酒瓶。

"够了，谢谢您，魔法师。"蒂费尔南说，"我只需要一瓶。"

"好吧，"魔法师说，"现在，我该带你去'太阳之乡'了。"

"太好了！但您首先要得到妈妈的允许。"

"非常好，的确如此，蒂费尔南。同时，你应该喝点热格洛格，然后上床睡觉。"

蒂费尔南躺在床上，他听见魔法师在饭厅里跟父母说话。难道他在做梦？或者说，他听见的对话与他的梦境融合了？

"那么，说真的，先生，"拉芒丹夫人说，"您想在今天晚上就带他走？"

"是的，夫人，因为我将有一个月的时间不能回巴黎。要是照此推迟他的启程时间，就太可惜了。再次请你们原谅我的深夜造访。司机误解了我的命令，我在埃贝诺斯街等了他两个小时。不过，幸好是这样，我才有机会安慰您家的小伙子，帮助他脱离困境。"

"您真是个好人。"拉芒丹先生说。

"我可以给他裹上暖和的毯子。"魔法师继续说道，"他会像在床上一样睡得很熟。他醒来后该有多么惊喜呀！"

"我必须叫醒他。"拉芒丹夫人说，"我的天啊，他穿着衣服睡着了！"

蒂费尔南听见有人在叫他，他看见几张脸和灯光。他可能回答了"好"或"不"，但仍旧处于睡眠状态。

莉蕾特醒了，在床上坐着。

"莉蕾特，亲一亲你的哥哥，跟他告别。这位先生要带他去美丽的乡间，入读一所寄宿学校。"拉芒丹夫人一边说，一边抱着蒂费尔南，朝莉蕾特探过身去。

"蒂费尔南，亲一亲莉蕾特。叫醒他太难了！他显然睡熟了。"

就像在梦中，蒂费尔南与妹妹亲吻告别。

"先生，连他的外套都不需要吗？"拉芒丹夫人问。

"是的，夫人。他所需要的一切，应有尽有，不用

担心。"

蒂费尔南的母亲温柔地亲了亲他，然后魔法师便抱着他下楼了。在新鲜的空气中，蒂费尔南睁开一只眼，看见他的父亲正在送他们上车，他又重新合上眼。他感觉自己被放在柔软的坐垫上，身上盖着一条毛毯。父亲亲了亲他，还跟他说了话。车门关上的声音把蒂费尔南吓了一跳，随后他听见汽车发动机发出低沉的声响。

汽车开走了。伴着轻微的颠簸，蒂费尔南很快又睡熟了，他没有做梦，只在有光微微闪烁的瞬间感到了不适。那是豪华轿车中坐在他对面的魔法师点燃了烟斗。

第四章　旅途

在发动机有规律的震动中，蒂费尔南睁开了眼睛。他首先看见的，是头顶上方罩着红丝绸灯罩的吊灯。与灯相连的天花板很低，表面覆盖着浅灰色皮革，四周是红木做的饰线。

他发现自己身处一个长方形的房间里，墙壁也是灰色的，所有陈设不是灰色就是红色。墙上有圆形的小窗，一边三个，挂着红色窗帘，透着柔光。蒂费尔南躺在一张柔软的灰色天鹅绒沙发上，旁边有一张椭圆形红木桌子和两把椅子。桌子上放着一顶灰色便帽。

突然，一声咳嗽从沙发后方传来，蒂费尔南谨慎地转过头。那个躺在摇椅上抽着烟斗的人，正是头天晚

上替他重新买朗姆酒的先生，那位让安茹先生消失的魔法师。

　　这个神秘的男人露出微笑，向后拢了拢浓密的灰色头发，然后放下烟斗，说："你好，蒂费尔南。看来你醒了。"

　　他站起来，朝小男孩探过身去，就在这时，整个房

间左右摇晃起来。男孩轻呼一声，坐了起来。

"别害怕，孩子，"魔法师笑着说，"只是一阵风而已。"

蒂费尔南恍然大悟。原来他们在船舱里，他想着，又扫了一眼这个用红木、皮革和丝绸装饰的奢华的小房间。"我们在船上?"

"不,不是船,孩子。你爬到床上去,看看外面。"

他越过蒂费尔南,伸出手,拉开了其中一面窗帘。玻璃窗露出来,强烈的光线照得男孩一时间睁不开眼。

"看窗外。"魔法师说。

蒂费尔南眼前出现了一派奇妙的景象,让他感到不可思议:他的上方是一碧如洗的天空,前方有遥远地平线上的山脉,以及粉白相间的云朵。

他收回视线,疑惑地看向他的新朋友。魔法师先生微笑着说:"是的,蒂费尔南,你梦想成真了。你在一架飞机上,它将带你飞向'太阳之乡'。听听引擎的声音,看看下方的云层。你将有足够的时间在飞机上探险,跟飞行员打招呼。不过,现在你先坐下来,边吃午餐边听我说。来一杯热可可如何?"

蒂费尔南还没从震惊中回过神,他顺从地坐了下来。魔法师在某处按了下铃,然后坐到蒂费尔南的对面。

蒂费尔南面带笑容地看着他,眼睛睁得像两边的舷窗一样大。终于，他鼓起勇气问道："先生，您是魔法师吗？"

"好啦，好啦！没错，小家伙。我是魔法师。我本来打算让你猜猜我是谁，但你已经自己弄明白了。我就是魔法师！"

"不是魔法师梅林？"蒂费尔南笑着问，似乎意识到了自己的问题有些愚蠢。

"不，不是梅林。"魔法师认真地回答，"梅林是很久以前的魔法师，他被仙女薇薇安用魔法阵困在树林深处，已经作古上千年了。我以后再跟你讲这个故事。我的名字叫文森特。魔法师文森特，文森特先生，文森特爸爸，你想怎么叫都可以。"

"那么，"蒂费尔南兴致勃勃地盯着他说，"魔法师抽烟斗？"

"如你所见。晚餐之后还有一支雪茄。"

这时，一个穿皮外套和皮裤的男子提着篮子走进来。他把篮子的盖子揭开，从里面拿出一个杯子、一壶香浓的热可可、一筐金黄色的海绵蛋糕。

"谢谢，布里科。"魔法师说，"瞧，我们的乘客睡了个好觉，现在开始享受旅行了。"

名叫布里科的男子点了点头，面露笑意，他在出去之前向蒂费尔南表达了友好的问候。

"再见，先生。"蒂费尔南礼貌地说。

魔法师把一整筐蛋糕都推向蒂费尔南，说："尽情吃吧，蒂费尔南。这些蛋糕都是你的。我在一个小时之前吃过午饭了。在你用餐的同时，让我来说明我为你准备的惊喜，当然，这一切都得到了你父母的许可。"魔法师填装并点燃了烟斗。

"首先，蒂费尔南，你必须知道，我并非一开始就是魔法师。我曾经是个商人，拥有工厂、仓库甚至船队。我挣了很多钱。我爱我的工作，它占据了我的全部时间。

"我还有两个儿子。我很爱他们，一有空就会想他们。我过去常为他们准备惊喜，想了很多寓教于乐的方法。他们也很喜欢我，可是因为我忙于做生意，他们常常见不到我。后来，不好的事情发生了。我的妻子对我忍无可忍，她离开了，带着两个孩子……再吃一个蛋糕，蒂费尔南……真的，别客气，我知道你还饿着。"

"先生，您的儿子，他们是大孩子吗？"在继续吃蛋糕之前，蒂费尔南问。

"那时他们一个九岁，一个十一岁。我后来再也没见过他们。现在他们应该都长大成人了。"

魔法师陷入了短暂的沉默。随后，他把椅子往后用力一推，叹了口气，接着说："他们离开之后，我开始厌恶自己的生活方式。我认为那些使我忙忙碌碌、长期无法跟家人在一起的事情，造成了我的不幸。你能理解吗？所以我卖掉了工厂和商船，把自己变成了……没错……一个魔法师，孩子们的魔法师。

"我四处旅行，寻找对某些美好事物充满渴望的孩子，然后实现他们的愿望。

"当然，我无法为世界上所有的孩子施展魔法。我必须选择。因为太想念我的儿子们，所以我只挑选男孩，九到十二岁的男孩。我会带他们去'太阳之乡'。

"是这样的，蒂费尔南，我拥有一座地中海上的小岛，非常小，以至于只在极少数地图上出现。我的小岛名叫玫瑰岛，因为我们从远处就能看见它伸出海面的玫瑰色岩石。我在那里有一座漂亮的房子，一次能招待三十个孩子。再多我就顾不过来了，相处的时间也会变少。关于玫瑰岛，我的介绍到此为止。你亲眼见了就知道了。"

魔法师文森特停下来，观察蒂费尔南的反应。

小男孩结束用餐。激动的心情让他脸颊泛红，睁大眼睛，大张着嘴。"爸爸和妈妈……"

"慢点，别急！听我说下去，你会知道你想知道的一切。"

于是，他开始讲述整件事情的来龙去脉。一天，他在巴黎的街道上看孩子们玩耍，正好听见蒂费尔南说起他的愿望：被一位魔法师带去"太阳之乡"。所以他考虑让蒂费尔南作为候补人选前往玫瑰岛。他有个十分聪明的手下，过去是个侦探。这人按他的指示，跟着蒂费尔南和莉蕾特找到了他们的住处，并在与穆勒太太聊头痛病的过程中，顺利得到了关于蒂费尔南和他父

母的各种情报。之后，魔法师先去作坊见了拉芒丹先生，随后两人一起回去见拉芒丹夫人，提出了让蒂费尔南去玫瑰岛的建议，并表示只要蒂费尔南愿意，他就能一直待在那里。

拉芒丹先生和拉芒丹夫人没有立刻同意与孩子分

开，而是说需要认真考虑，次日再做决定。在此期间，拉芒丹夫人向一位太太打听了文森特先生和玫瑰岛的情况，这位太太的孩子曾在玫瑰岛生活了几个月。在这之后，蒂费尔南的旅行就被安排好了。不过，魔法师为了不破坏惊喜，要求他们对蒂费尔南保密。

大约在半夜，汽车把他载到了距离巴黎九十多千米的小型机场。小旅客在沉睡中被抱上了飞机。

"我们的起飞时间晚了两个小时，因为运送粮食的卡车没有按时到达。若非如此，按照我的希望，你睡醒时我们就已经在玫瑰岛了。那样的话，你会比现在还要感到惊喜。"

"啊，不！"蒂费尔南大声说，"我很高兴我在飞机上就醒了。"

他渐渐弄明白了这是怎么一回事，但他实在按捺不住激动的心情。

"先生，"他突然说，"我可以再去看一眼大翅膀吗？我会见到飞行员吗？我们能出这个房间吗？您的飞机是用什么造的？"

"用的是波纹铝板。你可以尽情地参观。"魔法师愉快地把他抱起来,"开心吗?"

"开心!非常感谢您,先生。"

"那就亲我一下!要知道,在玫瑰岛,我就是爸爸。我是所有孩子的第二个爸爸。"

在蒂费尔南亲了他的两侧脸颊后,魔法师先生宣布:"现在,让我们来当飞行员吧。"

他拉开了所有还遮挡着舷窗的红色窗帘。这让蒂费尔南有一种置身天空正中的感觉。

"这个房间位于机身。"蒂费尔南的新朋友解释说,"旁边还有一个更大的房间,是我的。除此之外,飞机上还有一个小厨房、一个存放粮食和行李的长条形储藏室。我们现在就去参观这些地方。忘了告诉你,我的飞机名叫'大科拉'。"

"那是什么意思?"蒂费尔南问。他正透过舷窗看外面,目之所及全是蓝色——天空的蓝色。

"是岛上的孩子们取的名字,因为不论里面还是外面,飞机的颜色都和我那只漂亮的鹦鹉一样。它叫科拉，有红色和浅灰色的羽毛。另外，这两种颜色也是我自己喜欢的，是我为玫瑰岛的旗帜选择的颜色。来看看我的房间吧。"

魔法师打开一扇门，将蒂费尔南领进了一个大房间，和机身处一样，这里的墙面也是弧形的。这个房间占据了整个机头，除了两侧舷窗外，还有两扇长长的拱形窗，就像巨鸟的两只眼睛。

和前一个房间一样，这个房间也以红色和灰色装饰。不过，这里的布置与正常的卧室接近，有一张嵌入式床，角落里有盥洗盆，带一面镜子和几个水晶玻璃瓶。

魔法师按了下铃，布里科又出现了。他给蒂费尔南拿来了一件有毛绒内衬的小皮衣，还有一顶帅气的带护目镜的飞行头盔。

"你必须穿戴好装备再出去。"魔法师文森特说。他往下压了压厚厚的灰色便帽，戴上了护目镜。

布里科把小男孩带到一面嵌入式镜子前。蒂费尔南看着自己的样子开怀大笑，两个大人被他感染，也跟着

笑起来。

　　之后，他们回到第一个房间，从那里出去，来到
一个有电灯照明的前厅——两头的推拉门让蒂费尔南

想到地铁车厢的连接处。布里科拉开其中一扇门，向男孩展示了他的小厨房。厨房内部刷了一层白釉，配备了收纳食物和餐具的橱柜，以及一台电烤炉。厨房对面的房间里放着一些粗麻绳和钢索，许多工具和设备，还有一个用柳条制成的吊篮。当大科拉不能着陆，像只大黄蜂一样悬停在空中时，如有必要，机上人员可以坐进吊篮，通过一条长长的缆绳，从飞机下方一直下降到地面。

蒂费尔南的脚边有一个圆盘，移开之后就能从那里放下吊篮，上方则是收放缆绳的绞盘。

布里科打开另一道可以上下移动的门，向他们展示了储藏室。这个隔间的墙面加装了防撞材料，和其他房间一样，也有舷窗。活板门为通过地板装卸行李提供了便利。在一堆包装箱的中间，布里科布置了自己的床铺：一张充气床垫和一个气枕，上面都盖着羊皮毯。

"现在我们去见拉图雷特先生。"魔法师说。

拉图雷特先生是飞机驾驶员。他们爬上饮用水水箱中间的小楼梯，穿过中央机房、存放汽油罐的房间、飞行员的房间，爬上另一段楼梯，来到了驾驶舱。

　　蒂费尔南感觉自己被刺骨的冷空气包围了。上方是万里晴空，下方散布着耀眼的云团，飞机在云层之上翱翔。云层以下，在一片蓝色的薄雾中，遥远的大地依稀可见，虽然没有清楚的轮廓线，却能分辨出一些模糊的几何形状。发动机高速运转，在嘈杂声中，魔法师向拉图雷特先生，以及其身后的机械师马塞尔介绍了蒂费尔南。接着，魔法师坐到飞行员旁边较低的一个座位上，把蒂费尔南放在他的双腿中间，然后系好了安全带，让两人都被紧紧缚住。

"我们到哪儿了，拉图雷特兄弟？"

"十分钟前飞过了蒙彼利埃。"

"现在的高度是多少？"

"两千两百米。你想往下降一些吗？"

"是的，为什么不呢？既然天气不错，我们可以让蒂费尔南近距离眺望海岸。"

发动机停止喧闹，开始低速运转。蒂费尔南能看见螺旋桨在机翼前面慢悠悠地旋转。

当飞机向前俯冲时，蒂费尔南感到胃部紧缩。他有一点害怕，双手抓住了魔法师的膝盖。等大科拉终于恢复了水平飞行，蒂费尔南才敢向四周看。他甚至站了起来。魔法师带他来到驾驶舱后面，进入了精致、明亮的地图室。接着，他们使用一架梯子，登上了观景台，从飞机上最高的位置观看风景。蒂费尔南和他的朋友坐在一面挡风玻璃后往下看。他们看见了冬天红褐色的泥土，无限延伸的、白丝带一样的道路，深色的树林，村庄的炊烟，形似毛虫的火车头。飞机飞得更低了。

"看，蒂费尔南，天边有条蓝色的线，那是大海。

我们正在接近的这座气派的白色城市是塞特港。房屋中间那一大片闪闪发光的水域是船坞。再往前就是运河。看见那些船了吗？看见有轨电车了吗？"

很快，下方和前面的景物都消失了，只有天边耀眼的光带给人一种错觉，仿佛大海与天空在那里融为了一体。大科拉在风和日丽、微微起雾的海面上飞行。半个小时后，飞机的高度降到了两百七十四米。

"蒂费尔南，我们马上就到了！"魔法师说，"看见前方海面上的黑影了吗？看见了吗？嗯，那就是玫瑰岛。"

"它不是玫瑰色的。"男孩有些失望地说。

"不，它是，只不过你还没有进入肉眼能看清颜色的范围。再等等。"

随着飞机高度的下降，海面似乎越来越蓝。翻涌的白色浪花让蒂费尔南惊叹不已。海岛在视野里越变越大，倾斜的峭壁和被蓝色海水、白色泡沫拍打的岩石，逐渐露出玫瑰的颜色。蒂费尔南看见了长长的玫瑰色沙滩，边上挺立着意大利伞松。他看见沙滩上有一座高耸的山丘，上面长满了漂亮的树木，就在这树丛之中，有一座纯白的宫殿。片刻间，大科拉已经飞到了这座宫殿的上方，一群穿白衣服的孩子在朝他们挥舞手绢。

着陆！树木繁茂的山谷，草地，无线电信号塔，高高的旗杆，浅灰色和红色相间的三角旗，飞机棚——大科拉到家了。它停止飞行，在离地九十米的空中嗡嗡作响。巨大的机翼向上抬起，折叠，它垂直落下，就像升降机一样。

第五章　抵达

　　大科拉虽然是一架大型飞机，但它能像升降机一样垂直降落，所以并不需要大型着陆场。因此，松林里一片不大的矩形空地就能充当玫瑰岛的机场。当飞机已经着陆，螺旋桨不再转动时，拉图雷特先生按了两下大喇叭，表明现在靠近飞机是安全的，立刻就有大约二十个男孩欢呼着从树林里跑出来。他们穿着白色、蓝色或灰色的帆布裤、开领衫和凉鞋。

　　与拉图雷特先生分开后，魔法师和蒂费尔南来到前厅，那里的活板门已经打开，架好了下飞机用的可折叠铁梯。布里科为蒂费尔南摘掉头盔，脱下皮衣。男孩一溜烟下了梯子，发现自己被玫瑰岛的小居民们围在中

间。他们热烈地欢呼着："你好哇，蒂费尔南！"

　　"孩子们，别堵住出口！"魔法师说道，拉着蒂费尔南走到几米之外。

　　每个孩子都想跟新来的伙伴握手。

　　"你好，蒂费尔南！"

"你就是蒂费尔南，我们都在等你，听广播说你们到了。"

"您好，文森特先生！"

人群里最小的一个男孩站到文森特先生面前，说："您好，老爹！旅行愉快吗？"

"是的，小贝贝！"老爹回答，把男孩举了起来。

蒂费尔南面带微笑和一丝茫然。他看着，听着，对玫瑰岛的孩子们接连抛出的问题回答"是"或"不是"。

这时，松林里的路上走来两个大人，他们是卢卡斯先生和让蒂小姐，分别教导高年级和低年级的孩子们。

"这位就是蒂费尔南·拉芒丹。"文森特先生说。

他提高音量宣布："孩子们，蒂费尔南已经发现我是一位魔法师。他叫我魔法师先生，我为此感到骄傲！"

"魔法师先生好！蒂费尔南好！"孩子们高喊。

让蒂小姐弯腰亲了一下小旅客。她戴着一顶大草帽，帽檐下的脸庞不仅温和，而且美丽动人。大家开始往房子所在的方向走。就在一群人快离开时，布里科先生问："我那八个助手在哪儿？谁来卸货？"

"我！我！我！"几个大孩子说。

"很好！"布里科先生说，"开三辆车来。"

让蒂小姐

"这里的一切都很有趣。"让蒂小姐说，"看见那条小型铁轨了吗？它从飞机降落的地方一直伸向树林里。我们用它把大科拉运回的食物转移到仓库，那里挨着你即将入住的宫殿。这里有微型车厢、安全侧线、转辙器和转车台。大孩子们很喜欢轮流卸货，只需要得到卢卡斯先生的指点，你也能做到。"

飞机和房子之间的路程大约是十分钟。卢卡斯先生领着一队孩子走在前面。他身形高瘦、秃顶，习惯一边揪着嘴唇上的金色长胡子，一边用十分严肃的表情讲有趣的事。此时，他正把小贝贝驮到肩上。

"扶稳我的头。"他说。

后面的蒂费尔南走在文森特先生和让蒂小姐中间，拉着他们的手。

卢卡斯先生

　　他们沿着一条笔直宽阔的大路走在松林里。空气像五月的巴黎一样温暖——尽管现在才二月中旬。

　　露水在朝阳下蒸发，空气里弥漫着薰衣草和松木的香气。离房子越近，树木的种类越多，树形也越漂亮。蒂费尔南人生中第一次见到软木橡树、巨大的桉树和角豆树，一些角豆树上还垂挂着黑黑皱皱的豆荚。他看见三只漂亮的小动物静立在树下，目送他们经过。

让蒂小姐说它们是温顺的羚羊。当前面出现花满枝头
的含羞树时，蒂费尔南被可爱的黄色花朵吸引，停下了
脚步。魔法师摘下一枝让他闻，把黄色绒毛上的粉末抖
在他的鼻尖上。

　　他们慢慢从树林走入一座庄园。道路开始蜿蜒地爬上山坡，路面逐渐开阔，通向一座恢宏的白色建筑。

　　继续往前走，脚下变成了粉色砾石铺就的路面，路边的橘树在这个季节已经开花结果。蒂费尔南摘下一个橘子，与让蒂小姐分享。橘树后面是一排高大的海枣树，再往后，椰子树向天空挥舞着绿色的羽状枝叶。数条小径与大道相交，分别通向种着玫瑰和天芥菜的花坛，或从月桂树的树荫下穿过。在粉色砾石路的交会处，挺立着一棵有几百年树龄的雪松，被一条环形石凳围了起来。

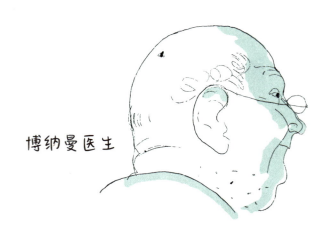

博纳曼医生

宏伟却朴实无华的白色建筑周围都是橄榄树。要到达建筑所在的平台，他们必须先登上宽阔的台阶，台阶两旁是一丛丛天竺葵和绣球花。

岛上几乎所有人都来到平台上迎接他们，包括没去停机坪的孩子们。蒂费尔南再一次被人群包围，受到大家的热情欢迎。

他见到了岛上的医生，博纳曼先生；糕点师，布凯先生和他的助手，布凯太太；首席园艺师，科尔米耶先生；水手、港口和玫瑰岛船队的指挥者，科隆博先生；洗衣房的贝尔纳黛特小姐；负责缝补裤子的裁缝，玛丽亚小姐；钢琴演奏者、歌唱者、舞者和风筝制作者，福斯坦先生；还有安托瓦妮特小姐、阿方西娜小姐、安热勒小姐和雷吉娜小姐，她们都是女佣。

文森特先生亲切地和每个人握手，向他们介绍蒂费尔南。他们看起来都和善而愉悦。当然，不是每一位玫瑰岛的居民都在场，因为有些人无法离开工作岗位。

当他们朝房子走去时，一只漂亮的鹦鹉从一棵

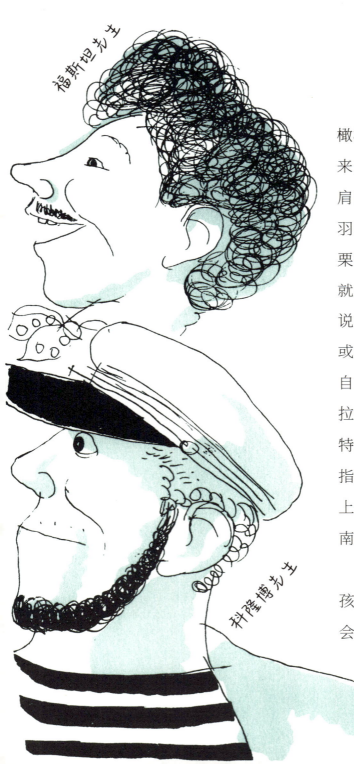

福斯坦先生

科隆博先生

橄榄树的梢头飞下来，停在魔法师的肩膀上饶舌，它的羽毛有珍珠灰和醋栗红两种颜色。它就是鹦鹉科拉，会说自己的名字——或者说它的名字取自它的叫声："卡拉！科拉！"文森特先生伸出一根手指，科拉优雅地跳上去，接受蒂费尔南的抚摸。

几秒钟后，男孩发现自己进入了会产生回音的门

贝尔纳黛特、玛丽亚和安热勒小姐

布凯先生

科尔米耶先生

厅，大玻璃门使这里光线充足。地上铺着白色、黑色、粉色的石板。墙壁较低处贴了锃亮的瓷砖，以防被那些沾满污垢的小手弄脏。

"首先，蒂费尔南，"文森特先生说，"你必须上楼，去房间里把自己收拾干净。让蒂小姐会照顾你。"

让蒂小姐领着蒂费尔南走向宽阔的楼梯。上上下下的孩子们穿着粗绳凉鞋，动作灵活，却悄然无声。在第一级台阶的栏杆柱上，站着一只大个头的彩绘木雕鹈鹕，看着就像是楼梯的看守人。

"那是礼宾员，"刚好经过的贝贝介绍道，"音乐部的礼宾员。卢卡斯先生，来一下，让礼宾员为蒂费尔南唱首歌。"

卢卡斯先生就在不远处，事实上，他似乎正等着接受这个邀请。他登场后，每个人都凑了过来。

"确实，"他说，"蒂费尔南还没跟这位打过招呼。"

卢卡斯先生打开鹈鹕的大嘴，在它的腹部下方按了一下。接着，让蒂费尔南惊讶的事情发生了，木雕的鸟儿像留声机一样唱起歌来。

鹕鹕鹕，大鹈鹕，

向你问好，蒂费尔南先生。

很高兴你喜欢这里，

你会发现这儿的新奇事物不少。

但现在，年轻人，

我想你该洗个澡，

换身白衣服。

　　一曲唱完引发哄堂大笑。蒂费尔南惊奇
地想，莫非自己真的来到了魔法师的宫殿，
就像童话里讲的那样。他看向身后的文森特
先生和胖胖的博纳曼医生。

　　他们都在开怀大笑。魔法师还低声说
道：“卢卡斯这家伙，总是信手拈来！”

　　卢卡斯一本正经地合上鹈鹕的大嘴，对
蒂费尔南说：“祝贺你！看来你跟礼宾员关
系不错！”

　　他一说话，男孩就认出了他的声音——他刚听这个声音唱完一首滑稽的歌。蒂费尔南上蹿下跳地拍着手说："那是一台留声机！"

这一次，卢卡斯先生也忍不住笑出了声，尽管他做出一个反对的手势。

"我听出你的声音了。"蒂费尔南坚持说。

每个人都鼓掌了。卢卡斯先生把一只手搭在蒂费尔南的头顶上，说道："什么也骗不了我们这样的巴黎人，对吧，老伙计？"

"先生，再放一遍吧。"

"晚点再放，或许就在午饭之前。"

然后，让蒂小姐就带着蒂费尔南上楼了。

"小一些的男孩都住在二楼，"她介绍道，"大一些的腿更长，住在三楼。你的房间在这里。你不会孤单，同住的有小贝贝和另一个与你同龄的孩子，名叫费利西安。"

他们穿过一条长长的走廊，停在房门前。蒂费尔南看见一块小小的木头标牌上写着三个名字：费利西安、贝贝、蒂费尔南。让蒂小姐打开了房门。多么漂亮的房间呀！里面并排放着三张小床，是由光滑的浅色木头打造的，床头靠着墙，孩子们早上一睁眼，就能透过两扇大窗户看到外面的树梢、海岸和大海。

每张床的左右两侧分别摆着一张桌子和一个衣橱。蒂费尔南的衣橱里已经备好了保暖衣物，内衣，泳裤，睡衣，浴衣，凉鞋，皮带，园艺草帽，划船帽，为抵御沙滩和礁石上的烈日而准备的软木盔，一个在钓鱼和郊游时用来装饮用水的暖水瓶，还有一个背包——用来装干粮或在沙滩上和田野里捡到的东西。

蒂费尔南可以往一个大抽屉里放他喜欢的一切：本子、书、玩具和各种器具。这个抽屉里已经装了玫瑰岛的孩子们送给他的礼物：一块糖、一枚红黑相间的贝壳、某位钓鱼专家准备的一套钓具、一颗在绿漆里浸过的松果、一张用来抓米诺鱼的捕蝶网（捕蝴蝶是被禁止的）、满满一盒带壳的松子、一个放大镜、一个干海星、一张风景明信片、三块饼干和一枚口哨。
每份礼物上都标注了赠送者的名字。三块饼干是贝贝
的礼物。

让蒂小姐不得不打断正在验收宝贝的蒂费尔南，把
他拽进了隔壁的浴室。她和名叫阿方西娜的仆人一起，
给小男孩抹了肥皂，冲了澡。男孩在一刻钟之后下楼
时，已经换上了一整套白衣服。这是他人生中第一次穿
长裤，他在长裤和短裤中选择了前者。

"听我说，蒂费尔南，"让蒂小姐提议，"你难道不
想给父母发一封电报，向他们报平安吗？"

"我想呀！"孩子急切地回答。他有些惊讶地意
识到，在这段时间里，他居然一次也没有想起自己的
家人。

他们来到一间阳光充足的休息室。博纳曼医生坐在
一把藤椅上，正读着报纸，抽着雪茄。

让蒂小姐在一张小小的书桌前坐下来，帮蒂费尔南
编写电报内容："刚到玫瑰岛，旅途平安，很开心，爱
你们四个。"

"我能告诉他们，我穿了一条长裤吗?"

"噢，当然可以，亲爱的。"让蒂小姐说着，继续写道，"穿了长裤。"

书桌上有一台电话，蒂费尔南亲自向距离飞机棚不远的无线电台口述了电报内容。

博纳曼医生放下报纸，把蒂费尔南招呼到身边，问了他好几个问题，关于他的父母、他在巴黎的家，甚至问他都吃些什么。他看了看他的舌头，听了听他的心跳，检查了他的肌肉情况，为他称了体重。

"你不算太胖，小朋友，"他说，"看起来也不算健壮。不过只要你尽情玩耍，吃很多有益的食物，很快就能变得强壮、健康。那么，在午饭之前，先去沙滩上跑一跑吧。"

让蒂小姐带新来的小朋友去海岸，跟着去的还有十多个男孩。

他们沿着宽阔的林荫道，再次穿过庄园，惊飞了一群蓝鸽子。很快，他们在一个路口右拐，走上另一条

路，两边是茂密的竹林。五分钟之后，他们来到一个小
海湾，玫瑰色的沙滩边缘耸立着巨大的伞松。大海让蒂
费尔南如痴如醉，他以前从来没有离海这么近过。有几
个小孩已经投入海滩游戏中。蒂费尔南有点后悔穿了长

裤，因为这导致他不能和其他人一样让海水浸没小腿。不过对于第一天来说，光是看着海浪悠然漫上沙滩，而后碎成泡沫，这就已经足够了。这番景象，蒂费尔南感觉自己永远不会看腻。

他和新认识的小伙伴们一起，沿着美丽的沙滩奔跑，跃过粉色沙丘，把鹅卵石抛进海水里，品尝树脂味的松子。他翻了几个跟头，让沙子像水一样从头顶流进脖子里，还尝了用贝壳盛的海水。他抓到一只小螃蟹，然后又应让蒂小姐的要求把它放生了。最后，午餐铃响起来，他依依不舍地离开了海滩。

从餐厅里的两扇大凸窗看出去，是蒂费尔南先前没见过的一座阶梯园圃。园中种了果树、葡萄藤和蔬菜。精心打理的阶梯园圃覆盖着肥沃的黑土，向下方的原野缓缓倾斜。在桉树和含羞树环绕的广阔草地上，绵羊和山羊正吃着青草。比草地更远的地方是大海。

餐厅中央摆放着大人的椭圆形餐桌，围绕它的是两张供孩子们用餐的月牙形餐桌。

白色墙壁上装饰着有趣的彩色图画，贝贝为新来的伙伴做了解说：一列蔬菜——一颗卷心菜、一根韭葱、一个芜菁、一根胡萝卜、一根芹菜秆等——都被画上了胳膊、腿和脑袋，正齐步走向"炖菜舞会"，也就是炖菜锅。长长的队列后面还跟着其他食物，而走在它们前面的，是玫瑰岛厨师布凯先生率领的拟人化锅具铜管乐队，看起来十分生动。

蒂费尔南加入了左边一桌，坐在费利西安和贝贝中间。在贝贝的另一侧，阿方西娜在给孩子们布菜。

大人那一桌坐着换了灰色法兰绒裤的魔法师、博纳曼医生，以及所有其他成年人，有些人是蒂费尔南之前没见过的。

每张桌上都有鲜花，和其他所有人一样，蒂费尔南面前摆放着一小瓶用水稀释过的玫瑰色红酒（产自玫瑰岛）、一块金黄色的小面包，还有一个从果园里采摘的、仍带着枝叶的橙子。

蒂费尔南从未吃过这么好的东西，或者说从未有过这么好的胃口。第一道菜是热乎乎的火腿馅饼，加了开心果调味。有一道甜点是加奶油的水果什锦。他把一个橙子装进口袋，准备往他的抽屉里再添一样宝贝。

餐厅角落里放着一架钢琴，在传菜的间隙，福斯坦先生小跑过去——更形象地说，是跳着舞过去，弹起诸如"啊，夫人，这是上等奶酪""英俊的威廉"和"小船"的曲子。每个人都在唱歌，卢卡斯先生站起来，拿着他的餐叉打拍子，样子十分滑稽。

这不仅是一顿美味的午餐，还是一场欢乐的派对。

在甜点时间，他们唱了一首名叫《炖菜舞会》的歌，词作者是卢卡斯先生，开头是这样唱的：

卷心菜夫人，我的爱人，

如果你想起舞轻盈，

舞姿翩翩，

请褪去一层纱裙，

再褪去一层！

亲爱的，你穿得——

太多，太多了！

韭葱先生，你的头发——

太长，太长了，

你的裤子也一样，
看起来邋里邋遢。
亲爱的，你得理发，
如果你想出席——
炖菜的舞会。

直到文森特先生围着桌子走了一圈，跟每个男孩交谈、确定他们都很愉快之后，孩子们才离开。当文森特先生走到蒂费尔南身边时，蒂费尔南正和旁边的孩子一起放声大笑。他有点醉了，不是因为喝了玫瑰色红酒，而是因为陶醉在快乐中。蒂费尔南热情地搂着他那大朋友的脖子，亲了亲他，然后更大胆地喊道："魔法师先生万岁！"所有人都跟着喝彩。

蒂费尔南离开餐厅时，福斯坦先生对他说："哦！蒂费尔南，在把你巴黎的衣服挂起来之前，我清空了你的口袋。我把里面的东西都放进了你的抽屉，有一个空空的旧钱包、两支钢笔、一小块橡皮和一把小折刀。"

他的小刀！前一天，在方谢特先生把小刀还给他后，他就将它塞进了口袋里。他的脑海中又浮现出老师和蔼可亲的面容。

"方谢特先生万岁！"他自言自语道，"我要把抽屉里那张明信片寄给他。"

第六章　玫瑰岛的生活

三四天后，蒂费尔南已经熟悉了岛上的日常生活。

每天早上七点，福斯坦先生走出三楼的卧室，登上俯瞰宫殿中心区域的露台，走进一座格架结构的凉亭，里面悬挂着十口规格不等的编钟。他用一对长柄钟槌敲打出曲子，将孩子们从沉睡中唤醒。

当福斯坦先生心情愉悦的时候，他会即兴敲打一组欢快的变奏曲，钟声将持续五分钟——就闹钟而言，五分钟是很长时间。

七点一刻，打扫房间的女佣会来查房，确保所有男孩都已起床，没有人生病，不缺任何东西，并且已经把床单被子都掀开，以便让床铺透气。

八点，早餐铃响起。所有人洗漱完毕，穿戴整齐，齐聚在楼下的餐厅里。孩子们高兴地互道早安，喊着对方的名字，彼此握手。他们也以相同的方式，自然地跟大人们打招呼。因此，在刚开始的五分钟，餐厅更像是与朋友欢聚的场所，而不是吃饭的地方。

卢卡斯先生不是每天都到场，有时候，他会在日出之前和科隆博先生一起去钓鱼。当他在场时，他总会讲两句。

"孩子们，"他会说，"我很荣幸地向你们宣布，今天是个好日子。为了庆祝这样的好天气，请福斯坦先生为我们弹奏一曲怎么样？"

如果遇到阴天，他会说："孩子们，我们不得不承认，天气不太好。为了代替早上的太阳，请福斯坦先生为我们弹奏一曲怎么样？"

孩子们会响应道："好！好！"

福斯坦先生表示乐意效劳。他是个年轻人，高个子、黑头发，文质彬彬，对每个人都很友好。有时候，卢卡斯先生会像为女士服务一样，让福斯坦先生挽着自

己的胳膊，一起朝钢琴走过去，引得一众大人孩子哈哈大笑。

上好巧克力热饮之后，布凯先生手下的小洗碗工——拉比耶和菲佐就出场了。他们把头上顶着的一大筐热气腾腾的鸡蛋黄油面包放在餐桌上。

吃完早饭，孩子们要回房间整理床铺。蒂费尔南和费利西安一起帮贝贝整理床铺。在这之后，他们可以自由地玩耍、读书、散步。只在夏季，他们需要早上去上学。冬季白昼短，上课时间推迟到了午后。

离蔬菜园不远的地方有一座大型建筑，被设计成了体育场和游戏房。内部有两根横梁，支撑着各式各样的运动器械：秋千、吊环、吊杠、绳梯、爬杆。这里也有旋转木马、跷跷板、小推车、自行车，以及各类游戏装置。

在这座建筑的一端有一个玩具仓库，管理员是一个戴眼镜的老人，大家叫他西尔韦斯特老爹。孩子们向他借玩具，用完之后再归还给他。西尔韦斯特老爹还会组织保龄球比赛，操作旋转木马，制作渔具和簧片哨子，表演木偶戏《潘趣与朱迪》和踩高跷。

玫瑰岛的居民们通常只在上午使用游戏房，然后在午饭结束后的骄阳下直奔沙滩或港口。

港口两侧各有一座壮观的粉色峭壁，相距超过八百米，各朝海里延伸出去一百多米，尽头由一座防波堤连接。因此，玫瑰岛的港口是与海岸相连的狭长、封闭的海湾。防波堤中间有供船只出海的口门。口门上方搭建了活动桥，你可以在带石栏杆的宽阔栈桥上随意行走。栈桥下方是一座小码头，方便人们钓鱼和游泳。

正是在港口，蒂费尔南收获了最大的惊喜。

栈桥边系着三艘船："玫瑰岛"号是文森特先生的游艇；"飞鱼"号是一艘大型渔船，配备船帆和发动机，科隆博先生和两名水手驾驶它为玫瑰岛居民捕鱼；"漫游者"号是一艘大型沿海运输船，为玫瑰岛运送大部分物

港口

资补给。

　　沿岸有几套结构简单的漂亮房子，其中一套是科隆博先生的住所，别的房子里住着水手、机械师和他们的家人。此时，在这些房子的前方有三十艘摩托艇，有的被拖到了稍稍倾斜的沙滩上，有的被拴在一座木制码头上。岛上的每个孩子都有一艘自己的摩托艇。

摩托艇精巧轻便，在浮筒的作用下不易翻船，是专为孩子们设计的。一艘摩托艇最多能搭载两个人。小型发动机锁在舱口盖里面，这样，只有机械师能用钥匙打开。像蒂费尔南这样的小男孩只需十五分钟，就能学会发动马达，让螺旋桨加速或减速转动。前进，后退，停船，关闭马达——这些操作都通过一根操纵杆来完成。难度更大的，是学习掌舵——调节速度和掌控船只，换句话说，就是驾船航行。即便如此，他们也只需要多上几节课。大多数少年很快就能学会熟练驾驶摩托艇，发生几次碰撞也没关系，因为船体带有防撞的橡胶垫。

在科隆博先生的陪同下，魔法师亲自向蒂费尔南展示了专属于他的小船。和其他船一样，这艘摩托艇的外部新刷了灰漆，内侧和边缘刷了红漆。蒂费尔南慢慢地欣赏它的每一处细节：螺旋桨，舵，他试坐的座位，首先要学会使用的船桨，船锚和缆绳，以及拴

在船头的救生用具。

　　"你必须先给船起个名字。"科隆博先生告诉他，"你想叫它什么？那个离开了玫瑰岛的高年级男孩叫它'蜜蜂'。"

　　蒂费尔南思考了一会儿。他看向周围的其他小船，它们的船尾都用黑色、黄色或蓝色漆写着名字：螃蟹、蜻蜓、紫罗兰、噼啪、无畏、悠悠球、海豹、滨螺、海神等。

　　"我要叫它莉蕾特。"蒂费尔南突然宣布。

"这是我妹妹的名字。"他补充道。

"没错，是你妹妹的名字，我想起来了。"文森特先生说，听起来有点生气，"你为什么给你的船取一个小女孩的名字？一个你认识的人的名字？想个新颖的！你有大把的时间。"

"不，先生。"蒂费尔南用央求的语气坚持说，"'莉蕾特'就是我想起的名字——除非您反对。"

"完全不会，孩子，"文森特先生说着，用手抓了抓头发——这是他某种情绪的表现，"完全不会。就叫它'莉蕾特'！"

就这样，在蒂费尔南的要求下，他们用绿漆在船上写了"莉蕾特"这个名字。

魔法师、科隆博先生、一位机械师和让蒂小姐轮流陪同，教蒂费尔南驾驶"莉蕾特"号。然后，他和一个新认识的朋友结伴出行。几天后，他终于能够独立操作了。他骄傲地握着舵杆，兴高采烈地在蓝色海面上留下一条笔直的轨迹，与擦身而过的伙伴们，或和在栈桥上钓鱼的人打招呼。最后，他关掉马达，让摩托艇在伞松

　　的树荫下缓缓地向岸边滑行。

　　在玫瑰岛上，你可以做很多快乐的事，多到难以选择。宽阔的林荫大道为捉迷藏、抓人游戏和舞会提供了场地。唯一被明令禁止的是战争游戏，或者扮演士兵、劫匪，换句话说，不能玩伤人的游戏。

　　你可以在岛上探险，钻进滨海的松林，爬上开满欧石南和百里香的山坡；你可以用芦苇搭盖一座小屋，或者请园艺师科尔米耶先生辟一块地，打造一座属于你的花园。

　　这座岛至少有五千米长，平均宽度约为两千四百米。海岸线犬牙交错、富于变化，海滩上铺满细沙，岬角被礁石或小岛围绕，还有一些水浅的隐蔽的小海湾——你可以在那里捕捞贻贝和海胆。最美的海滩是北边的"玫瑰沙滩"，以及东南端的"日出沙滩"。小海

十五步海湾

湾中有"狗湾"和"桌湾"，都以四周岩石的形状命名。"十五步海湾"由十五块礁石构成，若一个巨人从那里经过，可能要走十五步。海角中则有"文森特角""让蒂角""秃头角"和"鸟喙角"。

这里有三座无线电信标台，能让航行者知道玫瑰岛的位置。为了培养孩子们的独立性，文森特先生允许他们自由活动。关于可能遭遇的小危险，以及那些比岛上任何一棵树都高的桩子的用途，他们已经事先得到了提示。万一哪个孩子迷路了，或感到身体不适，他只需要朝离他最近的桩子走，找到电话，与宫殿联系。

　　你也可以享受劳动的快乐，比如擦洗自己的小船；和让蒂小姐一起采摘鲜花，装点餐厅；用耙子清理小路；浇花，浇菜；把厨房里的剩菜拿去喂羊，拔草喂兔子，打扫饲养场，或者用谷物喂食大型鸟舍里的各种鸟儿。

　　每天下午四点，钟声响起，吃下午点心的时间到了。男孩们齐聚在露台上，享用面包、果酱和橙汁。与此同时，科拉、鸽子、羚羊、孔雀和一些驯养的野鸡也纷纷出现，等待喂食。接下来就到了上课时间。

　　蒂费尔南很喜欢让蒂小姐，也经常和她一起散步。

不过，第一次坐下来听课时，他仍然焦虑了一会儿。安
茹先生的课留下了太多不愉快的回忆！

　　不过很快，他就安心了。在玫瑰岛上，连上课都是
有趣的。孩子们每天学写他们喜欢的或刚见过的东西的

名字，或者描述刚做过的事，比如樱桃馅饼、小路、跳板、打水漂、母羊。他们把这些词写在笔记本上，爱如珍宝，因为它们是快乐时光的象征。

然后，每个孩子用一个句子，讲述近两天发生的或做过的最重要的一件事。他们会把这句话写下来。当十五个孩子尽自己所能，写出了十五个句子时，他们不知不觉地、像做游戏似的上完了一堂课。

他们在同样的气氛中解题，计算每个月或每年在餐厅用餐的次数；或者已知从宫殿到海滩的距离，测量让蒂小姐的步幅，计算她走多少步能走到海滩。

这里没有坏学生。来到岛上的男孩几乎都很聪明，让蒂小姐和卢卡斯先生让他们知道，玫瑰岛上的生活之所以如此快乐，是因为这里的每个人都以文森特先生为榜样，渴望讨人喜欢。男孩们一致认为，当他们享受着成年人的待遇，能在整座美丽的海岛上自由活动，能在一座宫殿里居住，能在漂亮的庄园里游玩，并拥有一艘小船和各种宝物时，做出不好的行为就显得太愚蠢了。

有时候，这些孩子会长时间地与老师交流，问一连

串问题。当他们争论哪种做法正确、哪种做法错误时，他们会请让蒂小姐当裁判。文森特先生偶尔也来参加讨论。当晚餐铃响起时，他们往往还不愿意离开教室。

热心、随和、乐于助人的蒂费尔南很快就和每个人成了朋友。他在家习惯了为母亲跑腿，尽可能地分担家务。在玫瑰岛，他不仅不用干活，还被别人服侍着。这样的生活令他惊讶。起初，他甚至有点为此感到羞愧。

　　来到岛上的第二天，晚餐结束后，其他孩子都跑到屋外的平台上玩耍，蒂费尔南却来到让蒂小姐身边，问她："老师，在出去玩之前，需要我帮雷吉娜和安热勒收拾桌子吗？"

　　"不用，亲爱的。去玩吧。你真贴心。"她说着，往他嘴里塞了一大块糖。

第七章　难忘家人

　　大约上岛两个月后，在一个美丽的清晨，蒂费尔南独自一人走在庄园的林荫道上。他背着一个单肩小包，吹着口哨，快乐地用一根竹杖敲打着地面，那是他从一截竹竿上砍下来的。

　　到了大雪松所在的路口，他想像平时一样，踩着树干周围的石凳爬上最矮的树枝，坐在他熟悉和喜欢的位置——就像坐在扶手椅上那样，欣赏墨绿色枝叶在微风中轻轻地颤动。

　　"不，"他对自己说，"晚点再说，我现在没时间。"

　　他看见了在凳子后面阴影处的科拉。

"你好，科拉。"他大声对它说。

"卡拉，卡拉，科拉。"鹦鹉叫着回应，振了四下翅膀，飞到了男孩的肩上。

"你真热情，"蒂费尔南摸着它的羽毛说，"但我现在赶时间，如果你愿意，可以跟我一起去。"

蒂费尔南继续赶路。他刚走出雪松的树荫，来到太阳底下，科拉就飞离他的肩膀，回到了阴凉的栖息处。

"回见，"蒂费尔南说，"等我回来给你砸松子。"

他往前走了一会儿，两个男孩追了上来。他们手拉着手，是高年级的路易·马丁和低年级的让·勒瑞代。

"我们一起去游泳吧。"他们对蒂费尔南说。

"水不会太凉吗？"

"不会，不冷不热。"路易·马丁说。

"卢卡斯先生也在。"让·勒瑞代说。

"好吧，"蒂费尔南说，"但现在不行，我要先去飞机棚办事。回见。"

两个男孩奔向海滨浴场，蒂费尔南则走上了一条玫瑰花盛放的小道。他加快速度，继续走了大约五十米，见到了另一个朋友，若尔热。他一动不动地站在一口老水井旁，手里拿着一把铲子，像一个正在悄悄靠近野兽的猎人。

"你在做什么，若尔热？"蒂费尔南问。

"嘘！"对方小声提醒，"我在猎蝎子，我知道这附

近有一只。"

"蝎子！危险吗？"蒂费尔南问。

"能让你一命呜呼而已。"若尔热嘀咕着，耸了耸肩。然后，他补充道："你竟然不知道？显然你在这儿待的时间不长。你的棍子不错。想帮我打猎吗?"

"给我十分钟,"蒂费尔南说,他的心跳加快了,"我跑一趟飞机棚再过来。"

"不行,"若尔热说,"机不可失。你太吵了。"

"我要走了,一会儿再过来。"蒂费尔南小声重复,"那些蝎子长什么样?它们有多大?"

"嘘!"若尔热全神贯注地皱着眉,把铁铲举在前面,小心谨慎地绕着水井走。

蒂费尔南提着竹杖,踮着脚走开了,同时仔细观察沿途的玫瑰丛、棕榈树干,连最小的土堆也不放过——他完全可以自己捕蝎子,至少他做好了要与那未知而可怕的敌人战斗的准备。

刚走到几棵松树下,他就看见前方离他两步远的地方,有一只发光的大蜥蜴。它在太阳底下睡觉,也可能是在假寐。蒂费尔南从没见过这种生物。他害怕地停了下来。

他确信那就是蝎子,并开始思考是否应该杀死它——在它对他的脚或腿下口之前。如果要这么做,那他必须离它很近——因为他的竹杖太短了。有一瞬间，他想到了回去找若尔热，但他讨厌求救。要让若尔热见识一下他的本事！

蒂费尔南高举竹杖，英勇地走向蜥蜴。可蜥蜴立马就溜走了，消失得无影无踪。他根本没有时间发动攻击。

"下次我会带着弹弓。"蒂费尔南自言自语，接着在树林里小跑起来。

没过一会儿，他就出了树林，来到了停机坪上。

大科拉已经出了机库，展翅待飞。机械师马塞尔正对其中一只螺旋桨进行检查。蒂费尔南从包里拿出一封信，以及一个用心包扎的包裹，朝机械师走去。

"您好，马塞尔先生。"

"你好，蒂费尔南。"

"拉图雷特先生在吗？"

"不在，有什么事？"

"我想问拉图雷特先生，能不能帮我带一封信给爸爸妈妈，就和上次一样。这个包裹是要给我妹妹的。您

能带给他们吗，马塞尔先生？"

马塞尔先生面露难色。

"要投进邮箱吗？"他问。

"是的，先生，但我没有邮票。"

"你为什么不拿着信和包裹去找文森特先生？你知道，他会给所有信件贴邮票。他想知道哪些孩子在给父母写信。拿着你的信去找他，蒂费尔南，快去吧。"

"可是你们马上就启程了……"

"你还有时间。岛上的邮袋还没送过来。"

感到不安的蒂费尔南把信和包裹放回包里，跑了起来。他沿着"蝎子路"返回，却不见若尔热的身影，他也没留意科拉是否还在雪松路口的石凳上。一只他经常喂食的羚羊走上前，蒂费尔南没有停留，只是拍了拍它说："今天没有吃的，小家伙。"

魔法师坐在露台上抽烟斗。蒂费尔南上气不接下气，不自在地走到他跟前，心虚地拿出信和包裹，说自己为了赶上飞机，试图直接把它们交给拉图雷特先生。

文森特先生微微皱了下眉，用手抓了抓头发。

"你应该把信拿给我，孩子。"他严厉地说，"我告诉过你。如果你们都把信送到飞机上，有一些可能会遗失。况且，拉图雷特先生并不是邮差。这个寄给莉蕾特·拉芒丹小姐的包裹里有什么？"

蒂费尔南脸红了。这是他第三次做了文森特先生不允许的事。他不是很流畅地回答："有……有奶油泡芙，一些包馅儿的枣，一些糖，还有三个橙子。"

"所以说，你又把自己的点心存下来了吗，蒂费

尔南？"

　　"是的，我想分一些给莉蕾特吃。"

　　"你很大方，蒂费尔南。"文森特先生说，"但我说过不要做这种事。我必须再一次提醒你，你是我的客人。当别人邀请你吃饭时，你吃多少都没关系，但不能把好吃的塞进口袋里，哪怕是给家人的礼物。想想看，如果你的二十九个小伙伴都这样做，那我想让你们享受特别待遇的苦心可就白费了。如果你想跟莉蕾特分享这一切，你只需要告诉我，我会给他们寄过去。你能理解吗？"

"能。"蒂费尔南低声回答。他低着头，喉咙哽塞。

"我不是在责备你，"魔法师说，语气比刚才柔和，"也不想让你为这件事烦恼。"他把打开的包裹交还给不开心的男孩。

"把这些好东西拿去和朋友们一起吃，"他说，"我会给你的妈妈和莉蕾特寄

一箱橙子和夹着开心果的枣子。他们能吃一星期。这样你满意吗？"

蒂费尔南用拥抱来回答他，并亲吻了他的脸颊。

"现在去玩吧，我来帮你寄信。"

"我要去游泳。"蒂费尔南说。他把包裹塞回背包里，准备出发去海滩。

小男孩刚走了几步，又退回来。"我忘了告诉您，我看见了一只蝎子——好长一只！就像一条小鳄鱼！"

他讲了遇到若尔热捕蝎子的经过。魔法师听了之后告诉他，蝎子是一种蛛形动物，它们能把针状的尾巴卷起来，举过头顶。岛上确实有小型蝎子，藏在石头下面，但它们是无害的，只在夜间出没。能用毒针让人丧命的，只有非洲的大蝎子，它们的个头和虾子差不多大。毫无疑问，若尔热误解了卢卡斯先生讲的这个知识点。至于蒂费尔南看到的动

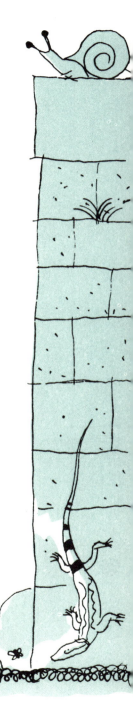

物，那是一只漂亮的蜥蜴。

蒂费尔南也笑了起来，打算拿这件事去打趣若尔热。在去海滩的路上，他想象着父亲打开那一箱橙子和枣子的画面，他的家人都将在场。

"只是，"他遗憾地想，"寄件人不是我。我什么也没跟莉蕾特分享。"

蒂费尔南一走，魔法师的表情立刻严肃起来。他从露台回到房间，在书桌前坐下来，抽出他承诺寄出的那封信。蒂费尔南非常认真地写了收信人的地址。

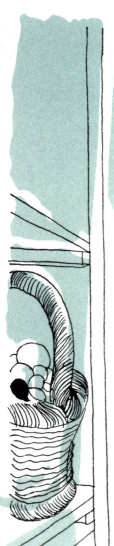

拉芒丹先生和拉芒丹夫人
巴黎十一区锁匠街 3 号

稍作犹豫之后，文森特先生把信展开，只见信上写着：

亲爱的爸爸妈妈：

　　我很好，很开心。我学会了骑自行车，我会用一只手掌握车把，另一只手按铃。有一天，所有摩托艇都跟在科隆博先生的"飞鱼"号后面一齐出海。我们绕着玫瑰岛航行，停在一片海滩上，在那里游泳和吃午餐。我能非常熟练地驾驶我的"莉蕾特"号。

　　我爱让蒂小姐，我跟她说了很多你们的事情。我也爱文森特、卢卡斯和其他所有人。但如果你们在这里，我会更开心。我很想见你们。我给布布勒和泰奥写了信，让他们给我回信。有时候，我玩着游戏或吃着蛋糕，想到妈妈也许生病了却没人帮她跑腿，就会难过起来。当我把这些感受告诉费利西安时，他会嘲笑我，因为他不知道拥有父母是什么感觉。他的父亲虽然富有，却不爱他，常常把他一个人关在他们家位于讷伊的花园里。他的母亲去世了。当文森特先生发现他时，他正在铁门后伤心地哭泣。

　　请多写信！我真想搭飞机回去见你们，然后再回到这里。可我不敢提这个请求。让蒂小姐说我不应该提。你们可以提吗？

　　我存了一些每天会吃的点心，将它们包好了寄给莉蕾特。我在里面放了三个果园里结的橙子。

非常爱你们的

蒂费尔南·拉芒丹

文森特先生读完信，用手抓了抓头发，然后拿出一张纸，给蒂费尔南的父亲写了下面这封信。

拉芒丹先生：

随信附上蒂费尔南的亲笔信。一如既往，可爱的孩子非常健康，而且在玫瑰岛过得很快乐。从各方面看，我们都对他很满意。有时候，他有点想念你们，他自己也在信里说了。这是人之常情。不过，对于他想提的短暂的巴黎之行，我无法同意。一旦回了家，他就会产生多待几天的愿望。在那之后，他会频繁地想回家。这种中断既不利于他的学习，也会影响他在岛上的生活。

你们在上一封信里说他的母亲生病了，我还未告知他此事。我希望拉芒丹夫人的病情已经好转。我给她和莉蕾特寄了一箱橙子和枣子，替代蒂费尔南本来打算寄给莉蕾特的小包裹。

谨致问候

文森特先生把他的信和蒂费尔南的信放在一起，摇铃叫来布里科，让他把邮件送到大科拉上。

在不希望蒂费尔南回去见父母的理

港口

由中，有一条是文森特先生没有说的，他甚至从未对自己承认过。

相聚在玫瑰岛的男孩们对他来说都十分重要，他想让他们过上快乐无比的生活。他的愿望是看着他们逐渐成为他的养子。多数孩子没有家人，或像费利西安一样不被父母关爱，和他们建立起父子关系并不难。对另一些孩子，不由自主地，他试图让他们忘记自己的家人和之前的生活。他甚至不想听见他们提起这方面的事。正因如此，当蒂费尔南用他妹妹的名字命名小船时，他感到不愉快。

蒂费尔南一到玫瑰岛就给父母写信，几乎每天都写。不仅如此，他还把他得到的每样东西都留一半给莉蕾特。一开始，文森特先生并不为此烦恼。

"他最多坚持一个星期，和其他孩子一样。"他说。

然而两个月过去了，蒂费尔南依然常常想念父母，尽管他在玫瑰岛过得很快乐。一天傍晚，让蒂小姐打开蒂费尔南的衣橱，看见里面有一个旧篮子，装着杏仁、无花果干、纸包的糖果、贝壳、漂亮的鹅卵石和各种各样容易保存的东西，几乎把篮子塞满了。

"这是怎么回事，蒂费尔南？"她问。

"这些是我回家的时候要带走的东西。"他平静地说。

"啊，亲爱的。"让蒂小姐亲了亲他，说，"如果知道你已经在为回家做打算，文森特先生会很伤心的！"

第八章　坏消息

这一天，蒂费尔南在种天竺葵，园艺师科尔米耶先生为他腾出了一块沃土。让蒂小姐在教他要怎么做，小贝贝在拔杂草——他的花圃就在蒂费尔南的旁边。小贝贝摆出架势，把两条腿分得很开，弯下腰，双手握住了一把草，用力一拔。草根立刻就松动了，贝贝摔了个四脚朝天。

"你让我想起了布布勒。"蒂费尔南笑着说。

"谁是布布勒？"让蒂小姐问。

蒂费尔南开始讲跟布布勒有关的事。然后，他说起了巴黎的其他朋友，还有安茹先生、埃贝诺斯街、里科尔多小姐甚至穆勒太太。至于方谢特先生，蒂费尔南在

让蒂小姐面前说了一大堆赞美的话。

"您要是认识他，"他说，"一定想马上嫁给他。"

"真的吗？"让蒂小姐笑起来，开玩笑地说，"在我看来，你好像有些遗憾，因为你现在不在巴黎，不在你的学校。"

"不，不是的！"蒂费尔南争辩道，"我只是希望妈妈、爸爸、莉蕾特和保罗也能在这儿生活，我的朋友们都能来玫瑰岛游玩，方谢特先生也能成为这里的老师，就像卢卡斯先生一样，而不是待在埃贝诺斯街那所阴沉的学校里。"

"不是每个人都能在这里生活。"让蒂小姐低语道。她双膝着地，正用指尖按压一株天竺葵周围的土壤。

"没错，可这是不公平的。"蒂费尔南说。

"唉，可怜的孩子。"让蒂小姐说着直起身来，"就算你最好的朋友们都在玫瑰岛，安茹先生的课堂上不是照样有三四十个痛苦的男孩吗？全巴黎，以及别的地方，不是照样有许多不快乐、不健康的孩子吗？"

蒂费尔南沮丧地看着她。

"没错，没错。"他叹了口气，在短暂的沉默之后继续说道，"而且，方谢特先生也不会抛弃他的学生。"

"一定不会，"让蒂小姐说着，倒掉喷水壶里剩下的水，"所以不要再想这件事了。但不管怎样，我要亲亲你，因为你的确在为此烦恼。"

"还有我。"贝贝放开一把草，把脸抬了起来。

让蒂小姐亲了亲两个孩子。蒂费尔南却带着一丝哭腔继续说道:"那我呢?我不是相当于抛弃了妈妈吗?如果埃贝诺斯街的男孩们都来到玫瑰岛,那么谁来给他们的妈妈跑腿?谁来帮忙摆餐桌、擦碗?"

"好啦,好啦!"让蒂小姐用一半戏谑一半温柔的口吻说,"瞧瞧我们的蒂费尔南,他觉得自己是必不可少的!可是,亲爱的,如果埃贝诺斯街的小男孩们都来到玫瑰岛,那他们的妈妈就可以不用为他们做晚饭、买鞋、洗衣服,或者缝补裤子上的破洞。妈妈们能多休息一会儿,也不用再为各种开销发愁。"

"我没有想到这些。"蒂费尔南立刻开心起来,"对呀,也许我留在这里也是帮父母的忙!实话实说,让蒂小姐,现在这样是不是对他们来说更好,就像对我来说更好一样?"

"对每个人来说都更好。"让蒂小姐断言。

"我们走吧,"贝贝说,"快到吃点心的时间了。"

过了几天,蒂费尔南在午饭后来到图书馆看书。

玫瑰岛的图书馆是一个长方形的房间,和餐厅一样坐落在能俯视果园和菜园的位置。书架上有几千本书,都放在孩子们能拿得到的高度。每本书都贴着标注类别的标签：历史和旅行类书籍，绘本和童话书，歌谣集和小说。书架上方的墙壁上绘有各类船只，从横渡大西洋的轮船到独木舟，应有尽有，还绘有一幅玫瑰岛的大地图。

这一天，蒂费尔南有点难过，因为大科拉每天都飞去塞特港取邮件，却没有一封信是给他的。他已经一整个星期没有收到家人的消息了，这使他没有去沙滩上玩乐或驾着心爱的小船出海的心情。因为这个缘故，他独自来到了幽静的图书馆。

不幸的是，他读的书并没有给他带来任何慰藉。故事中的可怜女人在街头以卖报为生，只有年幼的儿子与她相依为命。有一天，她因为一直站在雨里而感染风寒，发烧卧床。当她无法出门卖报时，小男孩接过了她的担子。他奔走于大街小巷，努力说服人们购买他的报纸。最后，他卖完了手里的所有报纸。他还幸运地遇到一位绅士，对方给了他一法郎并且不用他找零。男孩用额外的收入给他母亲买了一个大橙子，做了一杯可口的饮料来帮助她退烧。

在插图中，那个可怜的妇人躺在简陋的小床上，脸上带着悲伤的微笑，正伸手去接小男孩端来的橙子汁。

蒂费尔南久久注视着插图，眼泪突然夺眶而出。他想起了自己的妈妈。

魔法师刚好在这时进入图书馆，见这孩子泪流满面，立刻朝他走了过去。

"为什么在哭？身体不舒服吗？"

蒂费尔南勉强挤出一个微笑。

"不是的，先生，是……是这个故事太感人了。"

魔法师的目光从书上扫过，他看着插图摇了摇头。

"傻孩子，跟我来。"他说着，把蒂费尔南从椅子上提起来，像抱婴儿一样抱着他去了餐厅。他打开一个大号食物柜，里面储存着各类糖果。"吃颗糖，开心起来，蒂费尔南。拿两颗或三颗。你最喜欢哪种？"

"果仁糖。"蒂费尔南叹着气说。

魔法师往他嘴里放了一大颗果仁糖，又用一个小纸袋给他装了三颗。

"蒂费尔南，你已经厌倦了这里吗？"

"啊！没有，魔法师先生。"

"其他孩子都很友好吧？"

"啊，是的！"

"你今天没有收到信？"

"没收到，先生，我已经八天没有收到信了。整整八天！"

哦！魔法师想，这就是他伤心的原因。他尽可能语气自然地说："才八天吗，蒂费尔南？你已经开始为自己难过了？而你的一些朋友一个月才收到一次家人的来信！你必须保持理智！你的父母知道你什么都不缺，而且他们并非总有时间写信。只有当他们有坏消息要告诉你的时候，他们才会更频繁地写信。去海滩上玩吧，孩子。福斯坦先生在帮你的朋友们修建自行车道，用砖头，真正的砖头。你去帮忙吧，顺便给福斯坦先生带一颗果仁糖，他爱吃甜食。"

蒂费尔南的心情好了一些。他愉快地为修建车道而搬砖；接着去游泳，用一个气球玩水。在那之后，他回

去吃了一大块菠萝馅饼，喝了一杯山莓汁。吃点心的时间结束后，他爬上了大雪松，在他最喜欢的树枝上休息。

他坐在一根分叉的树枝上，背靠树干，两条腿伸长并交叠在一起。他呼吸着温暖清香的空气，抬头看着轻轻摇晃的树叶，不一会儿就闭上了眼睛。他睡着了。

突然，在半梦半醒中，他听见一个熟悉的声音提及了他的名字——让蒂小姐和文森特先生正坐在下方的凳子上，距离他不到三米远。

就在他想着用什么办法逗他们笑的时候，他们说的话引起了他的注意。

"那本书竟会被蒂费尔南看到，情况确实不妙。"魔法师说，"让蒂小姐，我想让你检查图书馆里所有的书，凡是有可能让一个多愁善感的孩子想起家人的那类书籍，请全部清理掉。"

"明白，先生。"让蒂小姐说，"不过会被这类书籍影响的孩子，应该只有蒂费尔南。我确信，只有他会常常想起家人，我指的是想起来会难过那种。"

"那么，在你看来，"魔法师说，"这种对家人的情感是否让他无法享受这里的生活，让他不快乐？"

"事实上，并不会！他仍然不断表现出惊喜，也很喜欢我们。可我有时候担心，他不可能享受百分百的快乐，除非他能把快乐分享给他爱的人，或者那些在他看来不如他幸运的人。"

接下来是一阵沉默。蒂费尔南屏住了呼吸，他很想彻底隐身。他偶然听到了这段关于自己的谈话，如果这件事暴露了，他会感到无地自容。

魔法师站起身，点燃烟斗，说道："我很少见到像他这样的孩子。对待他，我们必须十分小心。我只字未提他父亲上一次的回信。如果蒂费尔南知道他的母亲生病了……"

"啊！一定不能让他知道！"让蒂小姐急忙说道，也站了起来，"严重吗？"

蒂费尔南等着答案，心急如焚。魔法师把烟斗从嘴里拿出来。

"很严重。"他回答，然后说，"我们去海滩吧。"

他们离开了。

　　蒂费尔南不知所措。他该怎么做？追上去？恳求魔
法师让他回巴黎陪伴母亲？

　　不，不，绝对不行。他不可能承认自己藏在树上，
像个间谍一样偷听了一切。他的心中充满了愧疚。

他耷拉着双腿坐在树枝上，呜呜地哭了起来，低声嘟囔道："妈妈生病了……很严重……可怜的妈妈病得很重……我一定要回去见她！"

当情绪得到了些许释放后，他擦干眼泪。"现在不是哭的时候，我要成熟点儿。眼下，"他告诉自己，"我要假装什么都不知道。等让蒂小姐来给我们盖被子，说晚安的时候，我会对她说实话。她会转告文森特先生，请他原谅我。他会允许我回去见妈妈，我明天就能乘大科拉离开。"

计划好之后，蒂费尔南就从树上跳下来，去了海滩，和伙伴们一起玩耍。他还试着在已经铺了一百米长的车道上骑了会儿自行车。他看见文森特先生和让蒂小姐坐在沙滩上，但他没有过去。

吃晚餐时，没人发现蒂费尔南心事重重。吃甜点的时候，他和其他人一起唱歌，也照例跟每个人说了晚安。然后，他满怀希望地准备睡觉。

寝室里，费利西安和贝贝在假扮杂技演员，迟迟不肯睡觉。

"去床上，"蒂费尔南说，"让蒂小姐马上就来了。"

"不，"费利西安说，"她不会来。她捕鱼去了，和卢卡斯先生、文森特先生、博纳曼医生、科隆博先生一起。他们在船头挂了一盏煤石灯，鱼都会被它吸引过去，游进网里。一定很有意思！你不用这么沮丧。看见那里的白色灯光了吗，灯塔右边一点？一定是他们。"

蒂费尔南从床上久久地凝望着远处的灯光。费利西安和贝贝睡着之后，他仍然看着那里，希望让蒂小姐会回到港口。他已经决定要等她回来，然后去她房间里谈话。唉！可他在床上坐着睡着了。不知道什么时候，他的脑袋倒在了枕头上。

他做了一晚上噩梦。母亲不停地喊他的名字，求他给她一杯橙子汁。魔法师表情严肃地转过身，说："我不喜欢在锁孔边偷听秘密的人。"蒂费尔南尝试解释，然而他的老朋友似乎既不想看他，也不想听他说话。

小男孩睡醒的时候，天刚破晓。痛苦的感觉迅速涌上心头。他轻手轻脚地起床，穿衣服，准备敲响让蒂小姐的房间门。可是空荡荡的走廊让他犹豫了。也许时间太早了。他来到楼下餐厅，一看时钟，才五点！在叫醒让蒂小姐之前，他至少还要等一个小时。

蒂费尔南来到屋外的露台上。空气温暖宁静。所有的树似乎都还在沉睡，但林子里的鸟儿已经开始歌唱了。突然，从港口方向传来了发动机的声音。突，突，突，突！很快，他就看见"漫游者"号驶到了海面上，因为没有风，所以发动机代替了船帆。他想起来，这一天早上，补给船要去马赛，为厨师布凯采购砂糖、面粉、火腿、曲奇和各种各样的食材。

"哎呀！"他凝望着离港的船，想道，"我应该坐船走！"有些男孩曾跟科隆博先生一起去过马赛港。他激动地在露台上奔跑起来。他想到了另一个办法——像个大人一样采取行动。他不需要告诉文森特先生，他在大雪松上听到了他们的谈话。

蒂费尔南跑进图书馆，找到一张纸，在上面写道："我去看妈妈了。爱你的，蒂费尔南。"

他把留言对折，装进信封，写明"文森特先生收"。之后，他来到餐厅，将信封放在文森特先生的位

置上，顺便拿了留在托盘里的一大块面包。做完这一切，他便跑向了港口。

"莉蕾特"号的汽油箱已经在前一天晚上加满了。蒂费尔南打算赶上"漫游者"号或跟在它后面。小男孩知道，在没有浪的情况下，他有可能在两个小时以后回到大陆。科隆博先生正在为玫瑰岛的所有小船计划这样一场航行，就像之前带他们环岛游一样。因此，蒂费尔南可以和大船会合。他会告诉三名船员，关于他的旅行，文森特先生是知情的。这当然不是实话，但他必须回去见妈妈。到了马赛，他可以轻易溜走。拉里维埃以前告诉他，如果要去巴黎，他只需要去警察局，跟警察说他想回家以及他住在锁匠街 3 号。警察就会带他去车站，把他送上火车。

在确定岸边无人，住在港口的人都还在睡觉之后，蒂费尔南把"莉蕾特"号推进水里，跳了上去。他先用桨划船，以免发出太大的声音。从栈桥下面经过时，他的心跳加快了，海水却像镜面一样平静。蒂费尔南继续划了大约十五分钟，之后他收起船桨，坐下来启动了马达。"漫游者"号的黄色船帆出现在海平线上。蒂费尔南船长驾驶小船"莉蕾特"号，勇敢地朝目标方向前进。

"我不害怕，"他大声说，"我要去见妈妈。"

他掌着船舵，开始啃那一大块面包。

第九章　风暴

　　蒂费尔南全速航行了大约半个小时后，他和"漫游者"号之间的距离似乎缩短了一些。事实上，因为航向的改变，大帆船逐渐失去了领先地位。它不断改变方向，对着蒂费尔南的一面先是它的左舷，然后是右舷，他有时还能看到它船头的一串泡沫。

　　回过头看，玫瑰岛上的山丘越来越小、越来越蓝，白色宫殿逐渐消失。身后辽阔的水面让蒂费尔南看着害怕。从现在起，他决定只看向他的目标物。大帆船就像一颗定心丸，让他知道自己并不是一个人在海上。科隆博先生的船员很快就能看见他。这个想法让他倍受鼓舞。

　　与此同时，东风渐起，波浪开始一袭接一袭地摇晃他的小船。

　　风力越来越大，鼓起了"漫游者"号的三角帆，也开始凶狠粗暴地把"莉蕾特"号推来搡去。很快，空中乌云密布，海水开始翻起泡沫。十分钟后，目之所及皆是白色浪花。随着风力继续加强，海浪连绵起伏，像瀑布一样发出巨响。浪涛拍在小船一侧，就像安茹先生那天在操场上打向蒂费尔南的巴掌。只有发动机的速度能阻止翻船。

　　蒂费尔南吓坏了，却仍没有意识到这场危机的危险程度。他浑身湿透，身体失去平衡时撞到了左手手肘，右手仍然抓着舵杆。不受控制的转舵使小船完成了一个非常幸运的急转弯，直接迎面冲破了海浪。蒂费尔南感觉自己像坐过山车一样，乘着浪头忽上忽下，海风和浪花毫不客气地打在他脸上。尽管如此，他却发现了这样航行的优势。

　　"没错，"他想，"就像游泳。与其让海浪推倒你，不如潜入浪中。"

　　他只需要操作发动机减速，就能减少海浪的冲击力，避免"莉蕾特"号的船头进太多水。

　　蒂费尔南现在不那么害怕了，当他看向"漫游者"号时，他发现自己的航行方向几乎与大帆船完全相反。实际上，大帆船在抢风行驶，也就是说为了利用风向而走"之"字形。当蒂费尔南看过去时，"漫游者"号正顺风向西航行，小船却在逆风而行。

　　在两个浪头中间，蒂费尔南尝试绕一个小圆圈调转船头，但他没能完全避开迎面的海浪。当他把变速杆猛

推到最快的一挡时，海浪拍在小船的船尾上，把他从头到尾淋了个透。不过，他为自己抢回了时间，现在小船的速度比海浪快。他爬上浪头，避开了冲击，几乎与"漫游者"号齐头并进。蒂费尔南有一个带刻度的罗盘，就固定在舵杆上，他学过怎么使用它。尽管很害怕，但他还是保持冷静，集中注意力，在脑海里搜寻他学过的那一点点关于航海的知识。他看着罗盘，判断"漫游者"号正在向西北方航行，而他则在顺着风浪向西行驶。

他试图让小船在海浪上倾斜，使航向往北偏移一些。然而，"漫游者"号再次调整了航向，这一次它驶向东北——马赛的方向。蒂费尔南尝试做出一样的调整，但他发现自己再一次驶入了海浪中，而浪头比之前的还要高许多。第一个巨浪落下，他的小船几乎立了起来。第二个巨浪拍在船头，小船被淹了一半。发动机熄火了。

蒂费尔南牙齿打战，双脚泡在水里，一只手紧抓着舵杆，几乎陷入绝望。他哭了起来。

　　现在，小船任风摆布，彻底调转方向，开始向西漂泊。至于"漫游者"号，它要么已经驶出去很远，要么被雾气笼罩着，总之，蒂费尔南已经看不见它了。玫瑰岛的海岸也消失了。蒂费尔南用尽全力呼喊，但他的声音被风浪掩盖，连他自己都难以听见。

　　"我会在海难中丧命。"他惊恐地想，"啊！要是他们来找我就好了！我不想死！我不想沉到海底！"

　　文森特先生下楼去吃早餐，在餐厅里看见了蒂费尔南的留言。你可以想象他当时有多么惊愕。

他看见费利西安和贝贝中间的空位，急匆匆地上前询问。

"蒂费尔南在哪儿？"

"他比我们先起床，"费利西安回答，"根本没有叫醒我们。他一定是去钓鱼了。"

"我可以给他带一个面包吗？"贝贝问。

魔法师没有回应，焦急地回到了大人桌。他公开了蒂费尔南的留言，让蒂小姐、卢卡斯先生、科隆博先生、博纳曼医生，每个人都看了。

"这不可能！"让蒂小姐惊呼道，"他一定还在这里。"

"我们会在大科拉的机舱里找到蒂费尔南。"卢卡斯先生说。

"他知道他的母亲生病了？"医生问。

"不，他不知道。"文森特先生回答，"你没有说什么吧，让蒂小姐？"

"一个字也没说。"让蒂小姐声明，"我和你说完话之后根本没有见过他，因为我昨晚去捕鱼了。"

"啊！"科隆博先生用拳头敲了一下桌子，说，"那小子会不会去搭'漫游者'号了？"

"我们必须马上弄清楚。"魔法师说。

十分钟后，他们给"漫游者"号发了一封无线电报："船上是否有个孩子？"

"漫游者"号立即回信："船上无小孩。马赛附近天气恶劣。"

与此同时，卢卡斯先生匆忙喝完他的巧克力热饮，一言不发地走开了。当他跑回来时，其他人正纷纷起身，准备去寻找蒂费尔南。

"你有发现？"文森特先生问他。

"是的，"卢卡斯先生担忧地皱起眉头，说，"我去了港口，蒂费尔南的小船不在那里。"

"天哪！我怕的就是这个！"让蒂小姐低声说。

"卢卡斯，你确定？"魔法师大声问。

"确定。除此以外，沙滩上有一条新留下的辙印。他走的时候，港口的人一定都还在睡觉。不过，有个水手的妻子，加尔辛夫人，只有她没有睡熟。她说大概在'漫游者'号出发二十分钟之后，她好像听见了划船的声音。"

"拉图雷特!"文森特先生喊道,"拉图雷特,我们
要飞离玫瑰岛,飞到海上去。请做好准备。快,我的好
伙计!那孩子驾着他的小船离开了。你想想,医生!竟
有这样无所畏惧的小家伙!如果不是担心得要命,我会

说这是一项壮举。我们只能希望，在这样的坏天气里，他还没有走远。"

他们从露台上、港口和北边的灯塔上，用高级望远镜扫视海面。开始翻涌的海水喷吐着泡沫，使他们什么也发现不了。当飞机做好起飞准备时，他们赶到了飞机棚。拉图雷特先生和机械师已经在驾驶舱里了。文森特先生、博纳曼医生和布里科先登上飞机；接着是让蒂小姐，她此前请求同行，文森特先生同意了。卢卡斯先生回了宫殿——大家一致同意，由他组织搜索队在岛上找人。科隆博先生则随时准备驾驶游艇"飞鱼"号出海，全体船员都已经收到通知。

大科拉直升到低空，然后飞往海岸，开始缓慢地绕岛屿飞行。得益于多个螺旋桨的组合，它可以在任何高度、以任何速度飞行。文森特先生、博纳曼医生、让蒂小姐和布里科都戴着头盔，拿着双筒望远镜，在观测平台上对沿岸和海面进行观察。

然而，飞机绕了一圈又回到了港口。没发现蒂费尔南，没发现小船。"让蒂角"和"鸟喙角"的灯塔看守

人通过无线电告知他们，同样没有发现任何踪迹。

"要重新绕一圈吗？"拉图雷特先生问。

"不，"魔法师说，"离开港口，向北飞，高度调整至一百八十二米；如果飞行十四千米仍一无所获，就向西飞一千六百米，然后返航。我们根据需要，重复这个路线，不断向西移动。按风向，'莉蕾特'号会漂向西方。"

在逐渐加强的狂风中，这场搜救行动开始了。大科拉上的六名乘客一言不发，绝望地凝视着翻滚的白浪，竭力掩饰心中的焦虑。

大科拉飞完第一个十四千米，被气流冲击着，开始向西飞。文森特先生看见让蒂小姐放下了望远镜，正在哭泣。

"勇敢点，亲爱的。"他说，"我们会找到他的。"

"船不会沉。"布里科说。

"可它会翻。"她说。

所有人再次陷入沉默。飞机飞回海岸，他们看见一根巨大的松树枝在海浪里左摇右晃，除此之外什么也没找到。大科拉向西飞了一段距离，再次飞向北方。

大科拉往返了两次，调转方向后再次出发。看着汹涌的巨浪，几个男人的心里都想着，没有希望了。让蒂小姐已经停止哭泣，回到了飞行员的驾驶舱。她抓着铁扶手，目不转睛地注视着海浪，仿佛希望蒂费尔南会出现在自己的视野里。

就在飞机再次飞了十四千米，即将转向西边时，拉图雷特突然喊道："小船！找到了！在那里！"

大科拉向前飞跃，然后，水平螺旋桨依靠中央发动机转动起来，飞机开始徐徐盘旋。

当看见下方那艘红灰色小船的样子时，让蒂小姐悲伤地哭出了声。"莉蕾特"号漂浮在水面上，这是因为它的设计使它不会沉没，但它的龙骨暴露在外面，船已经翻了。

当飞机螺旋下降时，大科拉上的所有乘客不约而同地弯腰，再次看向奔腾的海浪，这一次没用望远镜。

就在刚才，可怜的蒂费尔南先抓住发动机的舱门盖，再抓住前面的座位，伸手取下了救生圈——玫瑰岛的所有船只都配备了救生用具。接着，他手脚并用，艰难地回到船尾，将双脚伸进救生圈，再把救生圈拉到胳膊下面。然后，他在船底找到了绕在一根杆子上的玫瑰岛旗帜。再一次，他爬回船头，去安置这个标志物。

他把打湿的旗帜展开，把旗杆插进专用的洞里。做这件事的时候，他必须趴在座位上，救生圈和被浪打得晃来晃去的小船都在给他制造困难。为了重新掌舵，他用双手支撑起身体，尝试坐起来。就在这时候，一个大浪击中"莉蕾特"号，将小船掀翻了。蒂费尔南的头重重地磕在船舷上，一阵眩晕袭来。他闭上了眼睛，脑海里一片空白。海水没过他的眼睛、耳朵、鼻子和嘴，他却几乎没有感觉。不过，胳膊下面那个结实的东西让他浮了起来，并且托住了他向后仰的脑袋。虽然处于半昏迷状态，但他不时能意识到，打在脸上的不再是水，而是风。

"他在那儿！他在那儿！"让蒂小姐突然大喊，伸手指着白色浪花里的一个黑点。

与此同时，其他人也叫嚷起来。

"是他！"

"他套着救生圈！"

"他一定还活着！"

"他肯定活着！"

"快，布里科，准备放吊篮。"

短短数秒钟之后，飞机悬停在空中，正对着遭遇船难的孩子。然后，飞机下降到距离海面不到三十米的高度。他们打开活板门，准备了一根钩杆、绳索和一个救生圈。

魔法师文森特先生冲向吊篮。"不，先生，让我去。"布里科说。

"不，让我去！让我去！"让蒂小姐大声说着，敏捷地从两个男人中间钻过去，跳进了吊篮里。文森特先生反对她这样做。

"我最轻，我也不害怕。我准备好了，先生。"年轻的小姐坚定地说。

"很好，亲爱的。我们要抓紧时间。系好安全带。你右手边的吊篮边缘有一个电铃。试着按一下。能用。很好。按一下是下降，按两下是停止，按三下是上升。清楚了吗？"

"是的，很清楚。"

"布里科，转动绞盘，把吊篮放下去！"

　　吊篮缓缓下降。让蒂小姐感到轻微的头晕。大风使飞机无法完全保持静止，这导致吊篮在绳索的末端晃来晃去。在距离海浪约一米八的高度时，让蒂小姐示意停止下降，因为蒂费尔南此时并不在吊篮下方，一个巨浪把套着救生圈的小男孩卷到了十多米之外。

　　拉图雷特先生准确地变换了飞机的位置。让蒂小姐移动到了蒂费尔南的正上方，她能清楚地看见他。他

一动不动，脸色苍白，头向后仰着，手臂搭在救生圈上。让蒂小姐立即按了一下电铃。吊篮以极慢的速度下降，碰到了蒂费尔南的救生圈。她按了两下电铃，此时海水已经渗入了吊篮底部。她没有注意到自己正站在水里，也似乎没有意识到脆弱的柳条篮子已经被海水淹了一半。她用钩杆钩住救生圈，把它往面前拉。然后，她在安全带的保护下把身体探出吊篮，先抓住蒂费尔南的一只手，接着抓住另一只，就这样把他往上拉。这时，一个海浪劈头盖脸地打向她和她的宝贝学生。但这有什么要紧！她扔开钩杆和救生圈，左手搂着蒂费尔南，按了三下电铃。吊篮像筛子一样漏着水，不到一分钟就回到了飞机上。让蒂小姐把一动不动的孩子交到布里科手里。文森特先生拥抱住她，一遍遍地说："好样的，好样的，我的好孩子，好样的！"

布里科把蒂费尔南放在文森特先生的床上。博纳曼医生俯身查看他的情况。接下来是半分钟的安静，在场的每个人都觉得，这安静似乎会永远持续下去。让蒂小姐头抵着墙，在回避中等待着。文森特先生站在门口，低垂着头，像一个等着挨打的人。

很快，博纳曼医生直起身，高兴地宣布："他有呼吸！"

第十章　十分幸福

让蒂小姐每天都来蒂费尔南的床边待很久。因为落水时在船舷上撞了头，蒂费尔南的脑袋上还缠着绷带，但烧已经退了，他现在已经基本痊愈。

他旁边的桌子上放着一盘烤杏仁、一罐橙子汁和一束玫瑰花。他慢慢嚼着杏仁，时而喂一颗给站在椅背上的科拉。

他听说了大科拉如何展开搜寻，把他从海里捞起来，平安送回玫瑰岛，然后又回去救起了底朝天浮在海上的"莉蕾特"号。这一切就像一场惊心动魄的电影。蒂费尔南很不安地询问小船是否有损坏，让蒂小姐告诉他只有发动机被水泡坏了，已经送到岛上的机器厂修理

了。另一个让他安心的消息是关于他母亲的，拉芒丹夫
人写信告诉文森特先生，她的病情已经好转，并为之前
送去的一箱橙子和枣子致谢。让蒂小姐为蒂费尔南读了
这封信。

蒂费尔南红着脸，坦白了他那天如何在大雪松上听

说了母亲生病的事情。他请求魔法师原谅他，因为他当时躲在树上听到了对话，事后没有及时承认此事，还擅自出走。

文森特先生让他们不要再提这件事，也让蒂费尔南不要再想这件事。

蒂费尔南一边吃杏仁，一边仍然忧心忡忡。虽然他知道母亲的身体已经好多了，但是在和家人相见之前，他没办法真正开心起来。

次日，文森特先生和让蒂小姐推门走进来。

"今天感觉如何，蒂费尔南？"魔法师问。

"感觉很好。"蒂费尔南回答。

"他的额头和手都不烫了。"让蒂小姐亲了亲小病人，说道。

"既然如此，我们坐下来吧。"文森特先生说，"蒂费尔南，现在你的病已经好了，我们应该认真地谈一谈。告诉我，孩子，你还是很想见你的父母吗？跟我说实话，是吗？"

"是的。"蒂费尔南低声回答。

"好吧。那么……你回去以后，是想一直待在家里，还是只待几天？"

蒂费尔南被这个问题难住了。他既爱他的父母，也爱玫瑰岛，很难在两者之间做选择。他苦恼地看了看魔法师，又看了看让蒂小姐。

让蒂小姐是和颜悦色的，文森特先生的表情则带着一丝顽皮，后者打破了沉默。

"你觉得这里的生活很无聊吗？你不喜欢玫瑰岛吗？"

"我喜欢！我爱玫瑰岛！"蒂费尔南大声说，"我爱玫瑰岛，爱您和让蒂小姐、卢卡斯先生、博纳曼医生、福斯坦先生、拉图雷特先生和布里科。我爱大家，爱每个人！我像爱莉蕾特一样爱贝贝，我从来没有这么快乐过，从来没有！我的想法和费利西安一样，看看他写了什么吧，在他的衣柜里。"

文森特先生站起来，打开了费利西安的衣柜。柜门的背面用四个笔尖钉着一张纸。文森特先生大声念出了写在上面的话："世界上最好的地方就是玫瑰岛。"

"你也这么想吗，蒂费尔南？"他微笑着问。

"是的！不过……"蒂费尔南露出难过的神情。

"不过什么？说出来，怎么了？"

"让蒂小姐知道，"蒂费尔南沉默了一会儿之后，回答说，"因为这里太美了，只有我在幸运地享受……"

"你不是唯一享受这一切的人，蒂费尔南。"让蒂小姐打断他说。

"我是说，全家人里只有我……"

"对嘛！"魔法师愉快地说，"这就是我想听你说的，小家伙！你想让你的父母也来玫瑰岛看看。是这样吗？你的父母，还有你的哥哥和妹妹？"

蒂费尔南点了点头。

"那么，老兄，请听一听我在你生病期间做了哪些安排。你必须告诉我这么做是不是对的。

"首先，我去了巴黎，也见了你的父母。我把所有事都告诉他们了。我必须这么做。别担心，他们不会为此烦恼。我只想让他们知道，你很想念他们。然后，我向他们宣布了你要回家的消息。我们一起去看他们，让蒂小姐也与我们同行，她必须去巴黎买遮阳伞和泳帽。我们可以在那里待两三天。"

"噢!"蒂费尔南感叹了一声。

"稍等,"魔法师继续说,"我还没说完。我们要去枫丹白露森林野餐,你喜欢谁就邀请谁。不过我先声明,我个人会邀请方谢特先生,因为我很想认识他。你可以向他介绍我……"

"噢!"蒂费尔南再次感叹。除此之外,他不知道要说什么。

"最重要的是,"文森特先生说,"因为巴黎的学校即将放假,所以我们可以把你的哥哥妹妹、爸爸妈妈都接过来。他们已经同意在这里待一个月,这会对他们有好处的。"

"这些都是真的吗?"蒂费尔南瞪大了眼睛,小声问道。

"千真万确!你的爸爸甚至都安排好了,他在玫瑰岛期间,让一个老朋友顶他的班。"

蒂费尔南抱住魔法师的脖子,用力地亲了他一下,也给了亲爱的让蒂小姐一个吻。他快乐地蹦蹦跳跳,问几时出发。

"你的咳嗽已经完全好了吗？"文森特先生问。

"完全好了！"

"医生什么时候给你拆绷带？"

"明天。"

"那么，蒂费尔南，我们就在后天出发。"

　　两日之后，大科拉一早就起飞了。除了魔法师、让蒂小姐和蒂费尔南，飞机上还有三个小男孩，他们要回巴黎与家人共度一周时光。飞机在宫殿上空盘旋了好几圈，岛上的孩子们都在露台上挥舞着帽子和手绢，福斯坦先生用他的编钟演奏了一曲送别之歌《旅途愉快，杜莫莱先生！》。

　　孩子们改了歌词，唱道：

旅途愉快，大科拉先生，
请带回多多的蛋糕和甜点！
旅途愉快，大科拉先生，
别忘记巧克力是我们的最爱！

　　在四个小时的旅途中，天气一直很好，乘客们几乎没有离开过观景台，只在中途回到机舱吃了一顿美味的午餐。

　　快着陆的时候，蒂费尔南向下看去，发现他们正飞过辽阔的博斯平原。他看见一片片成熟的谷物，这熟悉的景色令他心情激动。机场停着两辆来接他们的汽车。文森特先生、让蒂小姐和蒂费尔南上了一辆车，带着蒂费尔南摘的一大篮新鲜的无花果。拉图雷特先生和另外三个小男孩上了另外一辆车。他们一起动身，前往巴黎。

蒂费尔南喜欢像这样坐在快速行驶的、舒适的汽车里看沿途的风光。在经过许多村庄、树林、田野和花园之后，他们来到了巴黎市郊，这里有数不清的小房子、工厂和有轨电车。接着，他们穿过奥尔良港。蒂费尔南很高兴再次见到高高的灰色石头房子，更高兴看见熟悉

的地铁入口。

　　刚进奥尔良港，两辆汽车就停了下来，蒂费尔南对拉图雷特先生和三个小男孩说再见——他们一个要去蒙马特，另外两个要去圣丹尼斯。

　　十分钟后，文森特先生的汽车停在了锁匠街的街角。

"我想让我的所有朋友都看见我坐在这辆漂亮的汽车里。"蒂费尔南自言自语。

然而四点还没到，孩子们都在学校里。

小旅行者走进公寓楼，他发现里面很暗，弥漫着熟悉的气味。这怎么可能？有人在穆勒太太的小公寓里唱歌，而穆勒太太本人正朝他跑过来。

"这不是蒂费尔南吗！你看起来真精神、真帅气！您好，文森特先生！您好，小姐！你看出我变了吧，蒂费尔南？我变胖了，不是吗？你知道我再也不头痛了吗？文森特先生没对你说吗？这多亏了他。他介绍的医生治好了我。现在你可以在走廊里大声喧哗，我一点也不介意。快上楼吧，小家伙。你的母亲该多高兴啊！"

"拿着你的无花果上去吧。"文森特先生说。

没一会儿，蒂费尔南就上了三楼，敲了敲门，他的心跳得太快了。开门的是莉蕾特，她怕错过哥哥回家的这一刻，所以没去学校。

"蒂费尔南！"

"莉蕾特!"

他们的拥抱是多么热情呀!拉芒丹夫人跑过来,把男孩抱在了怀里。

"我的宝贝!我的小家伙!你回来了。"

她亲了他一下,看了他一眼,又亲了他一下。她的眼里噙着泪花,因为她知道蒂费尔南之前为什么离开玫瑰岛,在一个早上,开着他的小船。

"妈妈,"莉蕾特惊讶地说,"他长大了!"

"还晒黑了,脸蛋也圆了。"拉芒丹夫人补充道。

"他有一套漂亮的新衣服,"莉蕾特继续说,"那个篮子里是什么?"

这时,文森特先生和让蒂小姐来到门口。

"妈妈,"蒂费尔南大声介绍道,"这位是让蒂小姐,世界上最好的女老师!亲她一下吧。"

"可以吗,小姐?"拉芒丹夫人握着老师的手说。

让蒂小姐把脸颊侧过去。之后,她也亲吻了蒂费尔南的母亲和妹妹。她们马上就成了朋友。第二天,蒂费尔南、他的妈妈和妹妹一起陪让蒂小姐去买了东西。然后，他们开始为拉芒丹全家的度假做准备。

在家里的三天，蒂费尔南一说起玫瑰岛上的生活、飞机上的旅行就停不下来，更不用说，他还回答了莉蕾特数不清的关于"太阳之乡"的问题。

他去拜访了里科尔多一家，并送上一盘无花果，绿色果皮包裹着淡粉色果肉，个大汁多。他也送了一些给穆勒太太、布布勒和泰奥。他很高兴与老朋友相聚，并邀请他们参加两天后的野餐活动。遗憾的是，

他没能见到拉里维埃，因为他已经在上个月跟着父母搬走了。

四点钟，蒂费尔南来到学校外面，在一个隐蔽的地方看着学生们走出来。他在找方谢特先生，但同时也在躲着安茹先生。当安茹先生路过时，蒂费尔南紧贴着墙，屏住了呼吸，直到他走远；当方谢特先生出现时，他才从角落里走出来，跟了上去。就在锁匠街的路口，蒂费尔南追上了他的老师。

"哦！你在这儿！"方谢特先生说，"你知道我正要去你家里见你吗？没错，先生！我听你爸爸说你回来了。"

"您可以仍然来我家做客吗？"蒂费尔南恳求道。

就这样，方谢特先生与拉芒丹夫人、蒂费尔南和莉蕾特聊了会儿天。他说他收到了文森特先生的邀请。在接下来的一天，也就是周日，他会做好准备，等着汽车在早上八点来接他去森林里野餐。他还问了蒂费尔南很多问题，关于玫瑰岛，以及让蒂小姐和卢卡斯先生的上课方式。

蒂费尔南热情地赞扬了两位老师。

"你真幸运!"方谢特先生慈爱地看着小男孩说。他停顿了一会儿之后,问道:"那把有缺口的小刀怎么样了?"

蒂费尔南红着脸说:"它在玫瑰岛,我的衣柜里。"

方谢特先生又沉默了一会儿,然后用手托起蒂费尔南的下巴,看着他的眼睛笑了笑。之后,他和拉芒丹夫人聊了起来。

蒂费尔南不知道的是,在他被留堂的次日,就有另一位老师给方谢特先生看了蒂费尔南写在桌上的字。

汽车旅行和枫丹白露森林里的野餐都令人愉快。拉芒丹全家都在场,还有让蒂小姐、方谢特先生、布布勒和泰奥。他们在巴比松附近共进午餐,选的地点景色宜人,四周既有松树、桦树,也有岩石和欧石南。布里科载着一车好东西率先抵达。

他们举办了一场美妙的野宴,享用了各种水果、冰激凌、美味的蛋糕,还有香槟。方谢特先生让每个

人都开怀大笑。喝完咖啡之后，他跟大家玩起了捉迷藏。他大部分时间都蒙着眼，如果抓到谁了，就假装猜不出，要么说布布勒是文森特先生，要么说莉蕾特是让蒂小姐。

他是个十分快乐和有趣的人，魔法师非常喜欢他，所以在野餐快结束时将这位老师拉到一边，说："方谢特先生，我有一个提议。你应该听蒂费尔南介绍过卢卡斯先生，他在玫瑰岛生活得十分开心，却也想腾出一两个月的时间陪陪家人。你能否帮我一个忙，在暑假期间代替他来玫瑰岛工作？你的主要职责将是组织捉迷藏游戏，你能把这件事做得非常漂亮。"

方谢特先生还没有见过地中海，因此他欣然接受了文森特先生的邀请。当文森特先生宣布这个消息时，每个人都鼓掌庆祝。

"太好了！太好了！"蒂费尔南欢呼。

没过一会儿，他走到文森特先生身边，在他耳边低声恳求道："魔法师先生，既然有的孩子要和父母一起度假，暂时离开玫瑰岛，您能不能让布布勒和泰奥来填补他们的空缺？"

文森特先生抱着手臂说："蒂费尔南，你这个家伙！要为你制造惊喜真是太难了！先生，我要告诉你，你朋友们的行李都已经打包好了。两天前我已经跟布布勒和泰奥的父母说好，安排他们去玫瑰岛度假。"

当文森特先生的客人们在为旅程做准备的时候，卢卡斯先生在玫瑰岛上做什么呢？

在餐厅里，卢卡斯先生正在为大鹈鹕体内的留声机录制一首新的欢迎歌。他在录音机前放声高歌。

你好，莉蕾特·拉芒丹小姐，
我从天亮开始等你。
啊！我何不学福斯坦先生，
亲吻你漂亮的手！
但我只有这张鸟嘴，唉！就让我——
送你一个微笑，眨一下眼睛。

"老兄，你唱跑调了。"刚进餐厅的福斯坦先生说。

"我是故意的，"卢卡斯先生说，"我就是要让他们开怀大笑。"

图书在版编目（ＣＩＰ）数据

玫瑰岛 /（法）夏尔·维尔德拉克著 ;（法）埃迪·勒格朗绘 ; 葛秋菊译 . -- 上海 : 上海人民美术出版社，2024.6（2025.3 重印）
（大作家写给孩子们）
ISBN 978-7-5586-2933-4

Ⅰ . ①玫… Ⅱ . ①夏… ②埃… ③葛… Ⅲ . ①儿童小说 – 中篇小说 – 法国 – 现代 Ⅳ . ① I565.84

中国国家版本馆 CIP 数据核字 (2024) 第 062649 号

玫瑰岛

著　　者：[法]夏尔·维尔德拉克
绘　　者：[法]埃迪·勒格朗
译　　者：葛秋菊
项目统筹：尚　飞
责任编辑：张琳海
特约编辑：楼时钰
装帧设计：墨白空间·李　易
出版发行：上海人民美术出版社
　　　　　（上海市号景路 159 弄 A 座 7 楼）
　　　　　邮编：201101　电话：021-53201888
印　　刷：北京盛通印刷股份有限公司
开　　本：880mm x 1230mm　1/32
字　　数：78 千字
印　　张：5.875
版　　次：2024 年 6 月第 1 版
印　　次：2025 年 3 月第 2 次
书　　号：978-7-5586-2933-4
定　　价：69.80 元

读者服务：reader@hinabook.com 188-1142-1266
投稿服务：onebook@hinabook.com 133-6631-2326
直销服务：buy@hinabook.com 133-6657-3072
网上订购：https://hinabook.tmall.com/（天猫官方直营店）